U0057367

AQUARIUS

AQUARIUS

AQUARIUS

AQUARIUS

每個人心中都有一座島嶼，

藉文字呼息而靜謐，

Island，我們心靈的岸。

遠處的拉莫
胡遷

出版說明

關於這本書，胡遷沒有留下什麼說明文字。

全書收錄了他自二〇一七年六月開始嘗試的一系列「危險的創作」，如〈遠處的拉莫〉、〈海鷗〉，以及他在生命最後一個月裡完成的劇本〈抵達〉。

篇目順序遵照胡遷生前擬定的文稿順序。

全書內容（除必要校對外）無刪改。

去年，駱以軍老師在信裡回覆我：「但你悠著點，寫作是越渡的空間。」最近幾天改寫一個真實事件，敲下最後一行字的瞬間，想起這句話。

上一次我有這種感受，是創作《遠處的拉莫》時，最末，如逃離夢魘般終結掉一次被侵入。明年的這本新書，為了打破之前的習慣，這半年我每休息一段時間後，就會重新嘗試不同的越渡，摧毀某種關係進入崩潰邊界。酒精是好東西，但直接灌入大腦就不好了。男女情愛的小故事是排遣無聊的，它們無論任何維度都在安全的區域。另一種創作則充斥著危險。

——胡遷，二〇一七年九月五日

目錄

小說

看吶，一艘船 015
遠處的拉莫：警報 031
遠處的拉莫：邊界 075
祖父 113
捕夢網 125
大柵欄與平房村 137
黯淡 149
棲居 161
響起了敲門聲 173
陷阱 177

我們四塊兒廢鐵 187
海鷗 201

■ 劇本
抵達 233

【專文推薦】
灰燼的祕密——胡遷／胡波隨想 ◎吳繼文 319

【訪談】
文學是很安全的出口 324

【特別附錄】
胡遷大事年表 330

看吶，一艘船

他把領帶紮好，又扯了下來。他看著鏡子裡的自己，一個四十歲的中年男人，一個普通的四十歲的中年男人，數不清的毛孔浮在鼻子上，不知道裡面塞著什麼東西。他有一個妻子，每個人都有一個妻子。現在她躺在床上，棉被的一角折疊了起來，露出腹部長條形的脂肪。但他責怪不了這件事，他的腹部也有，不止一條，三條蘿蔔粗的脂肪擺放在那兒，永遠不會動，也永遠不會小，至少這輩子不會。他還有一個七歲的兒子，肥胖掌控著他們全家，當他說你去跑會兒步吧，他的兒子會說你為什麼不跑，他說跑步會對你非常好，他的兒子會說那也對你很好但你為什麼不去跑？他曾經買了一整套跑步用的東西，速乾短褲、背心、跑鞋、套在胳膊上的包。他穿戴齊全後走到馬路上，不知道怎麼跨出第一步。所有的路燈都開著，遠處的樓房看起來距離有幾公里，但所有的事物都那麼遙遠。他走回家，把那些東西都扔進衣櫃裡，等著第二天，他的妻子罵罵咧咧：你又搞亂了我的衣櫃，你又搞亂了我的鞋櫃，你所有東西都放在不該放的位置，你的兒子已經胖得走不動了，他又打了一個同學……他會坐在辦公室裡，桌子上擺放著成疊的廣告提案，年輕人自信滿滿地把他們的想法打印出來，堆到他的桌子前。他還會走到會議室，那些被捏得變了形的礦泉水瓶，那些沾著手汗的筆，幕布上投放著ＰＰＴ，一個人的頭髮被投影照出幾塊清晰的色塊。他的兒子在學校的操場上站著，所有的運動鞋都貼在塑膠跑道上，幾個人在教學樓下打著籃球，他的兒子同他一樣不知道怎麼跨出第一步。他們已經不會行走了，即便在去旅行的時候。他們一家人來到了柬埔寨，一片歷史悠久的廢墟，只允許穿長褲。他找到一塊大石頭，在那陰影裡坐了下來，但還是滿頭大汗。在機艙裡，飛機上提供的食物吃不出味道是因為氣壓。而坐在這裡，所忍受的一切，也許也都是因為氣壓。只有氣壓精確到小數點後兩位時，人類才會沒有問題，眼前才會沒有任何障礙，但只要氣壓不是這個數字，就隨時隨地都可以感覺到肚子上的那些脂肪在生長。

他沒有去公司，而是去了理髮店。

你想怎麼剪？

短三公分。

短三公分不會好看。

那為什麼還要問我？

想剪成什麼樣呢？

短三公分。

好，好。

接著他聽到梳子和剪刀碰撞的聲音，梳子每抓起他一縷頭髮，他都更困倦一些。所有細碎的模糊的聲音都讓他更放鬆，他無法忍受清晰的聲音：鼠標點擊聲、公司裡穿梭來去的高跟鞋聲、辦公室開關門聲、他妻子的說話聲、他兒子的大笑聲——他總是在笑，他只在得不到想要的東西的時候才哭。

突然，他大叫起來。

對不起！對不起！

怎麼回事？

對不起，我不是故意的。啊，真的，我真的不是故意的，這裡的頭髮擋著了。

他從地上撿起自己的一截耳朵，彎腰的時候，血順著顴骨流到鼻子上，每個毛孔都在吸收這條紅色。等他直起身體來，血又流到嘴裡，他吐了一口。

真的對不起。我真的沒看到，它擋著了。我去叫經理。

經理會縫耳朵嗎？

那怎麼辦？叫救護車？

救護車是給行動不便的人。

那我們去醫院，我去給您拿紙。先包上，毛巾可能會有細菌。

他捧著自己的耳朵，不知道最初是不是有溫度，但現在已經涼了。在此之前，他從來沒有捧過除了指甲和頭髮外身體的任何一部分。現在他手心裡有血，上面擺放著一小截耳朵，是耳朵最上面的那部分，軟骨的切面非常白，整個形狀像船。

實習理髮師找來了很多紙，慌張地去擦拭他的臉。他焦躁地抓過那些紙，捂在耳朵上，雖然疼痛，但他不想脖子那兒繼續積聚東西，衣領繼續變得紅豔。

這樣我會算什麼？會算故意傷害嗎？

你他媽快去找點冰塊兒。

店裡沒有。對了，我在冰箱裡放了飲料。

實習理髮師取來了一罐可樂，他把這小塊兒耳朵貼在鋁罐上，用衛生紙整個包起來。他站起來，推開理髮店的門。實習理髮師跟在他身後。

跟著我幹麼？

我跟您去醫院。

我自己去。

我跟著吧。

我自己可以去，你跟著有什麼用？

我現在什麼都做不了了。讓我跟著您吧。

你不要跟著我，你什麼都做不了，但我快死了。

是我的失誤，對不起，對不起。

他看到這個年輕人急得快要哭出來，五官擠到了一起。他加快了步伐，但理髮師仍跟在後面，焦急地搓著手。他用舉著可樂的手攔了一輛出租車，並把理髮師攔在車外面，把門迅速關上了。

去最近的醫院。他說。

司機從後視鏡裡看著他，他用端著可樂外的另一隻手捂著耳朵，衛生紙已經透出紅色。

耳朵怎麼了？

被剪掉了。

他看到司機轉過臉去，盯著前方。

你是不是在笑？把後視鏡掰過去，不要讓我看見。

我沒有笑，很疼。

是啊，很疼，拔一根頭髮也很疼。

耳朵很脆弱，冬天一碰就很疼。

對，所以快一點。

他看向車窗外。報紙上說，斷掉的手指只要在幾個小時內接上就沒事兒，會損失一些靈活度，但至少手指不需要動。所以現在只要做好耳朵的保溫，不知道這罐可樂可以堅持多久。

把空調開到最大。

好。

冷氣聲蓋過了發動機聲。冷氣也會有點作用。他的汗水隨著冷氣開始變黏。他想起自己去理髮是因為這些頭髮覆蓋在後腦勺，像一層毛毯，即便只在陽光下走幾步，都像裹在毛毯裡。

這他媽可太好了。他說。他看著前面已經排了一長串的車，根本看不到紅綠燈。司機回過頭，關懷地看了他一眼。

又是一輛車擦了另一輛車，然後這兩個人要為了他們的幾毛錢在這裡耗一年。

他氣急敗壞，只想罵什麼。他不能罵他的妻子，那個女人更要命；他也不能罵他的兒子，他的妻子守護著他的胖兒子，當他們倆站在一起時，像買了一個籃球又贈送了一個小皮球。他的妻子站在洗漱臺前洗臉，彎腰時兩塊臀部擠壓出一條溝壑，這條溝壑每天都把他的生活劈成兩半兒。

車裡雖然開著冷氣，不過冷氣吹不到的位置也通通像在蒸鍋裡。

要等多久？

不知道，我挑了條平時不太會堵的路。

這就是不太會堵嗎？

我可預測不到。

對，兩個垃圾把車停路中間，他們都損失了幾毛錢。

我也想把你快點拉到醫院去。

此時坐在這裡的每一秒，都令他更憤怒，他的耳朵每一秒都在奔向腐爛。那些微生物、那些不知道從哪兒來的微生物正一起撲向他的耳朵，它們乘上這艘船並侵蝕著。

當後面有人狂摁著喇叭，他再也聽不下去了，推開了門。

你還沒有付錢。

你欠我的更多。他吼著朝前走去。

從手機地圖上，他找到最近的那家醫院離這兒還有兩公里，現在陽光已經徹底鋪散開。汽車並列在一起如同烤爐裡的金屬導管，炙烤著一切。他沿著這三排汽車急匆匆地向前走著，又想起自己的車還停在理髮店門口，幸好沒有開車，幸好他得用一隻手捂著耳朵，不然衛生紙會掉下來，所以不能開車。是啊，這是多麼的幸好啊。

衛生紙蓋住了他的太陽穴和半張臉，暖烘烘的，汗水把脖子上已經乾涸的血又沖刷開，他扯開了衣領，把外套脫下來扔了。他的妻子會責問他這昂貴的衣服去了哪兒。去了那條把他的生活分成兩半的溝裡了，就去了那兒，快去找吧，好好找找。

在他路過那個十字路口時，他還想看看究竟是哪兩個人站在馬路上吆喝，但沒有看到，來自十字路口的車就是堆到了一起，沒有剮蹭，就是堆在一起，沒有任何理由，也看不到維修的道路標示，看不到叫囂的人，只是所有車都行駛不了。看看吧，太好了，沒有緣由的好。

他終於到了醫院，奔向門診。

我的耳朵在這裡，我想把它接回去。

慢慢說。

我想把我的耳朵接回去，我帶來了。

你耳朵怎麼了？

被剪掉了。

但是我們這裡好像做不了這樣的手術。

這裡不是醫院嗎？

這裡是附屬醫院，我們的外科部做不了再植手術。

太好了。

什麼？

那哪兒能做？

最近的綜合醫院在東邊兒。

我家就在東邊兒。

那是最近的綜合醫院。

他走出了醫院，那些汽車一動不動，他不知道該怎麼走去東邊兒那家醫院，他也不知道自己為什麼要去理髮，又是因為頭髮蓋在腦袋上很熱。他給自己的妻子打了一個電話——除了這還能做什麼呢？

我現在在醫院。

你怎麼了？

我的耳朵被剪掉了。

被什麼剪掉了？

被理髮的，我去理髮，他不小心剪掉了我的耳朵。

你不該在公司嗎？

但我臨時決定去理髮，太他媽熱了，太熱了。

那現在怎麼辦？你不去上班卻去理髮。

我真想把你和你的兒子還有整個家都一把火燒了。

他掛掉了電話，繼續面對著長長的擁堵道路。他看到有人騎著自行車，他去路邊開了一輛共享單車。衣服已經扔了，沒有口袋放他的耳朵，他只好把可樂罐放到車簍裡，但車簍的空隙有點大，好在還漏不下去。他騎上車，朝著東邊兒駛去。他同時通知了妻子一會兒去醫院。

沿著車之間的縫隙，他根本騎不快，只能不停用手轉著車鈴。他已經有十年沒有騎過自行車，現在為了耳朵，他必須盡快穿過車流，但車流一動不動，其他的小路也被行駛緩慢的電瓶車和自行車擁堵著。到處都塞滿了東西，每個地方都塞滿了東西，就是這個地方。

過了一刻鐘，他終於駛出了這條路，可以用正常速度騎車，他準備等機動車道狀況好點的時候再攔一輛出租車。他終於放鬆了一下，不再焦慮地按著車鈴。

但他才舒服沒幾分鐘，可樂從車簍裡滾出來，被自行車前輪上格擋了一下，朝著馬路中間滾去。

他看到衛生紙展開了。衛生紙裹得很厚，所以沒有貼在濕漉漉的可樂罐上，它們均勻地鋪展開，他的耳朵，以及一小片血，就這麼被一輛摩托車給軋了過去，他甚至都沒反應過來，那輛摩托車就倏而不見了。他從自行車上下來，去撿自己的耳朵。

等他拿起來的時候，前後有人看他在做什麼。他的耳朵已經被磨損掉一半皮膚，同時變形了。他不知道為什麼軟骨也會變形，但這個耳朵就是這樣了，瀝青馬路路面擦掉了皮膚，抹掉了一層肉。這讓他重新回到了被剪刀鉸動的疼痛中。

他回頭，看著漫長的車隊，有人在瞄著他，他找不到那輛摩托車，也不能咒罵誰，後面的電瓶車不停地摁著電鈴駛過去。

過了會兒，他的妻子開始打電話，他一個也沒接。妻子大概已經到了醫院。

他從路邊的一個小門裡進去，走到公園的一個廣場上，坐在那兒。他把耳朵包上衛生紙，放在褲子口袋裡。現在他已經不去管頭上蓋著的傷口了，大概已經不再流血了。

根本不知道過了多久，只感覺氣溫持續升高，周圍在日光下像成片的馬賽克，恍惚而燥熱。他坐在樹蔭下，路過的人看到他的樣子，以為他剛跟人打了架，紛紛走開。

也就是在他低著頭，並且不知道自己在看什麼的時候，他也許看到自己的耳朵上做了一個假體，反正看不出來真假，而平時也不會用到那塊耳朵。這時，一個不到十歲的小女孩走了過來。

她穿著淡黃色的裙子，上面有卡通的圖形，是一張熊臉。她歪著腦袋看著他。

你打架了嗎？

他抬起頭，看著面前的女孩。

沒有。

那為什麼流血了呢？

我也不知道。

你不知道自己受傷了？

我知道，我的耳朵被剪掉了。

在哪兒？

他看著小女孩。

在我身上。

小女孩靠近了一點兒，盯著腦袋上他殘缺的耳朵，不過她並不害怕，又朝前走了一步，想看得更清楚點。

她掀開自己的頭髮，露出耳朵。

你看我的耳朵。女孩說。

他看著女孩黑色頭髮下露出的小巧耳朵。

跟你的不一樣。她說。

是啊，我的被剪掉了。

我的是完整的。

對，你的是完整的。

完整的更好看。

說得太好了。

那你的耳朵在哪兒呢？

你會害怕的。

耳朵沒什麼可怕的。

他從褲子口袋裡摸出耳朵，伸出手掌。女孩湊過來，盯著他的手心，皺著眉。

像一艘帆船。她說。

是嗎？

我畫過一艘帆船，跟它很像。

他看著女孩皺著眉頭的樣子，有一瞬間他感到一絲失落，甚至忘掉了對那輛摩托車的憤恨。

女孩坐在了地上。他挪了挪位置。

不要坐在地上。他對女孩說。

為什麼？

地上很髒，也很涼。

一點兒也不涼，很燙。

女孩站起來，坐在他旁邊。他把耳朵收起來，放進口袋裡。他不知道現在留著這塊已經毀壞的肉有什麼用。做個標本掛起來？泡進福馬林裡？太噁心了。

我喜歡帆船，但我只坐過公園裡的船，它們長得像鴨子，不是帆船。

以後你會坐上帆船的。

所有人都這麼說，但你坐過帆船嗎？

沒有，我只坐過輪船，沒有坐過帆船。

對啊，你也沒有坐過帆船，但你比我爸爸還要老。

從背後的樹叢間吹過來一陣涼風，如同一隻冰雪的手撫摸了他的脊背。

你快走吧，你爸爸要找你了。

他才不會找我。

反正會有人找你。

不會的，他們在吵架。

在哪兒呢？

在家裡，他們在家裡吵架，我就跑出來了，他們不會找我，我會自己回家。

以後他們吵架你也要待在家裡。

為什麼？

你會被帶走，裝進麻袋裡。

那是騙人的。你被裝進麻袋裡過嗎？

沒有。但不代表這是騙人的，很多人被裝進麻袋過。

我爸爸媽媽也沒有，你也沒有，我也沒有。

那只是我們比較幸運。

但你沒有了耳朵。

只是沒有了一部分。

他開始想一個人清靜會兒。

他們吵架，有時候會打架，會摔碎很多東西。女孩說。

他回憶自己的童年，但已經忘記了。他的父親在幾年前去世了，他已經忘記那蒼老的身體在他的童年與誰爭吵，又或者對他說過什麼。

小女孩伸出手掌，沒有小指和半截無名指的手掌。他看著這小巧而白皙的手。

我沒有手指，但你沒有耳朵。她說。

他突然感覺到一陣酸楚。當他看著這小女孩，她也睜大了眼睛望著他，時不時瞟一眼他的耳朵，又迅速把眼神收回來。這太令人難過了。他不知道是因為自己的耳朵還是因為什麼。

不過你的耳朵像一艘船，你可以帶著它去坐帆船。

我從來沒有坐過帆船。

我也沒有，但我長大了會去。

女孩把手收回來，放在椅子上，雙手撐著，看著前面。

他們坐在這裡，很快，他開始平靜下來，但他知道，煩躁會在很短暫的時間之後就又重新席捲而來，所以現在尤其珍貴，珍貴得像沒有被車輪軋過的耳朵。

我要走了，如果他們吵完了發現我沒在房間裡，就會來找我。

他們會怎麼樣？

會接著吵。

那好吧，你走吧。

女孩站起來，衝著他笑笑。

再見了，沒有耳朵的叔叔。

再見。

女孩走後，他又坐了一會兒。

當他感覺口渴的時候，站起來，離開了公園，外面的車流已經不再擁堵。他攔住一輛出租車，告訴司機開往醫院。他到達醫院時，他的妻子正低著頭坐在大廳裡。他想起自己肥胖的兒子，當他同妻子吵架時，兒子會笑著看著他們，他一直覺得這件事令人厭惡透頂，現在也是。

當妻子走向他的時候，看到他臉上一半全是血。她並沒有高亢地說什麼。他們走向掛號室。他預料到這半截耳朵已經不可能再接回去了，也預料到此刻，在某個港口，一艘帆船起航，上面會坐著對事情充滿期待的人，也許會有一個孩子。

一

遠處的拉莫：警報

1

母親領著他來到這個院子。院子的西邊是豬圈，他蹲在那兒，看起來好像聞不到任何味道，但他可以聽到遠處的談話聲。

「讓他待在這兒吧。」

「我不能保證什麼。」

「我會來看他，我已經把房子賣了，現在根本不知道住在什麼鬼地方。」

「之後你不能怪我們。」

「我什麼也不怪，我沒有任何辦法。」

他看到一頭豬趴在棚子下，棚子裡的泥土一半乾燥一半濕潤，另一頭豬沿著階梯走到下面，下面一層全是淤泥，牠用鼻子在角落裡拱，那裡只有屎。

他的母親留給他一個包裹，悲傷地看著他。他狠狠地在母親的胳膊上撓了下，三道血痕。母親看著他，說：「你要在這裡養病。」

「你去死吧。」他說。

「你會養好病，我會接你回家，等我把身上的事情處理完。」

「你去死吧。」

他的母親走了。

他朝一側的房子看了一眼，他的小姨體態臃腫，臉色烏黑。他看著母親走遠。

「你想住在哪兒呢？我帶你看看炊房。」小姨說。

「我就住這兒。」他指著豬圈說。

小姨猶豫了下，說：「好。」

他就住了進去。

2

他給豬圈的階梯上豎了柵欄，兩頭豬便再也上不來。

第一個夜晚牠們總是叫，用鼻子不停地頂柵欄，那些木條幾乎都要被撞爛了。他用繩子捆住木條，繩子的一頭繫在豬圈外的一棵樹上，一頭壓在豬圈另一層的牆壁縫隙裡，再用樹棍卡在中間。

清早，小姨提著鐵桶來到這兒，兩頭豬聽到腳步聲後就嘶叫起來。

「牠們不能睡在下面，會得疥癬。」

「但我得住上面，我不能和牠們睡在一起。」

「你可以住在炊房。」

「會打擾我。你每天要做三頓飯。」

小姨叫來鄰居幫忙。一個枯瘦的老人。他們推著一車土，倒了進去。又推了一車，倒了進去，下面看起來才乾燥了些。他們又墊了些乾草在裡面。

「要嗎？」鄰居問。

「什麼？」他說。

「要乾草嗎？」

「不要，我自己會找。」

老頭走到門口，對小姨說：「他吃什麼？」

「跟我們一起。」

「她撒謊，我到現在還沒有吃東西。」他躺在塑料布上說。

「你跟我們一起吃，早上我叫你了。」小姨說。

老人走了。

3

他第一次走進這個院子的房間。小姨看見了他，沒有說話。房間裡有股尿布味，他的表弟躺在一張小床上。他走到小姨的臥室，把床上的被子抱起來，又看到衣櫃裡露出一條毯子，他把它抽出來塞進被子裡。

「為什麼要用我們的？我給你準備了被子。」

「我太冷了。」

「但你不該用我們的，下午就會送新的來，你媽媽給了我一筆錢用來照顧你。」

「我太冷了，沒有被子我會死。」

小姨去炊房洗尿布。他把被子抱回豬圈，鋪在塑料布上。

他打開自己的包，檢查衣服，取出一雙登山靴，取出牙刷、牙膏、香皂、梳子，除了靴子外，其他都扔到了下面。兩頭豬踩踏著泥巴走過來，對著這些聞了聞，又在嘴裡咬了咬，牙膏被擠出來一點，但牠們不喜歡那味道。

他蓋著被子睡了一會兒。下午，疼痛開始了，他用嘴咬著被子，撕開一條裂縫，他掙扎著鑽進去，裂縫越來越大。他在被子裡顫抖了十分鐘，爬了出來。看到天上聚集起了烏雲，像石頭一樣的顏色，沉甸甸的。

他出了豬圈，來到屋子裡。

「我餓了。」他說。

「你是害怕下雨。」

「我不怕，我喜歡下雨。」

「如果你怕淋雨可以去炊房，我在那裡給你搭了個睡覺的地兒。」

「我永遠不去。」

小姨掀開桌子上的一個罩子，裡面是食物。她在椅子上鋪了層報紙，等著他坐過來，他身上沾著豬圈裡蹭到的黃土。

吃完之後，他出了屋子。小姨抱著表弟，鎖上了門。

他靠在豬圈的柵欄外不知道做什麼。整個院子裡只有他一個人，他不喜歡小姨，但她走了之後，恐慌就開始了。他跳進豬圈的下層，兩頭豬也恐慌地朝牆壁上貼，豬皮摩擦石頭牆面的聲音混著嘶嘶的叫聲。

他伸出手，又縮回來。看起來牠們會咬他。

4

來了一個少年，看起來跟他一樣大。少年的臉上長滿青春痘，鼻子上最大的兩顆泛著油光。少年站在豬圈外，瞇著眼睛看了會兒。

「你叫什麼？」少年說。

「你叫什麼？」他說。

「沈浩。」少年看著他，「你有錢嗎？」

「有。」

「帶你去買東西，你這裡什麼都沒有。」

「但我不會給你錢，也不會給你買東西。」

「我呢，可以把你的錢都拿走，在這個地方我就這麼幹。」

「我可以殺了你，我是個病人，殺人不犯法。」

「你得的病沒有用，腦子沒病，是別的地方壞了。」

「你怎麼知道？」

「所有人都知道。」沈浩說。

他跟著沈浩走出來，這是來到這裡之後，第一次走出院子。院子外一條橫向的土路，對面一側是條一米寬的灌溉水渠，貼著田野，田野上可以看到稀疏的電線杆。

他跟在沈浩後面，沿著土路走了一公里，經過一個個路燈，到了盡頭，是條相對寬闊的瀝青路。

他看見沈浩停住了，說：「往哪兒走？」

「就是這兒。」

「這裡沒有賣東西的。」

「你想買什麼？」從一側鑽出個高個男孩來，還有一個穿著黃裙子的女孩，她的鼻涕掛在嘴唇上，她用手擦了。她看起來很難看，但很溫柔。

「我不知道。」他說。

高個的男孩說：「你是不是快死了？」

「不是，我可以活很久。」

「胡扯，你快死了，你有照過鏡子看自己嗎？」

「他住在豬圈裡。」沈浩說。

「噢？為什麼住在豬圈裡？」高個說。

「我不想睡炊房。」他說。

「豬圈比炊房好嗎？」高個說。

「我不喜歡炊房。」

高個朝腳下踢了塊石頭，他朝遠處看了看，說：「要我們帶你玩嗎？」

「好。」他說。

5

他們沿著土路往回走，路過小姨的家，繼續往東走，路過一個石灰廠，一座水塔，然後開始爬山。

「你的靴子可以給我。」高個說。

「為什麼？」

「因為我們帶你玩了。」

「那我穿什麼？」

「你穿我的。」

他脫下了靴子，和高個換了鞋。

沈浩教他怎麼抓蠍子。山上四處都是石頭，把石頭翻起來，有時裡面會有千足蟲，有時會有蜘蛛，有時會有蠍子。翻到蠍子，他們會抓起來放到高個帶的礦泉水瓶裡。

直到他看到一塊石頭下密密麻麻的白色小蜘蛛，他朝後退去，胳膊瘙癢，他擼起袖子開始撓，上面已經結了一層層的血痂，又裂開。

「你在幹什麼？」沈浩說。

「我很癢。」他說。

「你會把自己撓爛的。」

他朝一棵樹蹭上去，又咳嗽起來，同時飛速地抓撓著胳膊，他咳出的血滴落在胳膊上。

沈浩，高個，女孩，朝一側退了退。他沒有發現。

等他終於舒服些了，周圍已經沒有人，他朝山下看了看，依然看不到他們。

他往回走，這雙鞋的底面很薄，石頭會戳痛腳底。

他路過水塔，石灰廠，到了小姨家。他打開豬圈的門，躺了下來。

6

沈浩又來了，沒有帶任何人，站在豬圈外，無所事事地看著他。

「我做了一個彈弓。」沈浩舉著柳木做的彈弓。

「昨天你們去哪兒了？」他把撕扯開的被子扣在身下，不想讓沈浩發現。

「回家了。」

「我沒看到你們。」

「你太可怕了。」

「對，我的親戚都這麼說。」

「為什麼非要撓呢？」

「我不知道。」

沈浩舉著彈弓，晃了兩下。那棵椿樹在他的頭頂上，已經開始顯現秋天的顏色。

他跟著沈浩來到土路，跨過水渠。不灌溉的時候通常都是乾涸的。兩人又朝著田野走去。沈浩舉起彈弓，打向一群麻雀，牠們飛起來。

「為什麼要打麻雀？」他說。

「那該打什麼？」沈浩說。

他們又走了幾步，看到電線杆，沈浩瞄著電線上的一排鳥，說：「要試試嗎？」

「我不會。」

沈浩把彈弓扔給他，他撿起來，對準一隻燕子，他以為自己什麼也打不到。一隻燕子掉下來。沈浩跑過去，喊他來看。

這隻燕子腹部開裂，流了一點血，牠本身就沒有多少血，整個身體看起來碎了。他從沈浩手裡接過燕子，還溫熱著，像是發燒時的額頭。

「我很少打中過。」沈浩說，「你有天賦。」

「我沒想打著牠。」

「但你把彈弓舉起來了。」

「要埋了嗎？」

「可以烤烤吃了。」

他手裡捧著燕子，跟在沈浩身後，來到土路上，遠處高個和黃裙子女孩背著書包走著。沈浩說「他們放學了」，就朝他們跑去。

回到豬圈，他把燕子放在一塊石頭上。而彈弓還在他手裡。

夜晚的時候，他來到路邊，撿起碎石頭，把一排路燈打掉，整個道路都黑暗了。

7

清早。

「我們賠了路燈。」小姨拎著飼料桶說。

「為什麼？」他睜開眼睛，這裡越來越冷了。

「為什麼要打壞路燈？」

「不是我打的。」

「你媽媽留的錢已經都賠路燈了，除非她再過來。」小姨把飼料倒下去後就走了。

他把彈弓藏在塑料布下面，希望不會有人發現，雖然知道這沒什麼用。

8

姨夫回來了。

留著一撇小鬍子的姨夫站在院子裡，他眼皮是腫的，看了一眼豬圈，沒有說話，就進了屋子。

燕子的屍體已經僵硬，他可以捏著牠小巧的爪子就舉起來。在他看了很多遍之後，爪子斷掉了。

他聽到姨夫跟小姨的吵架聲，聲音越來越大，兩頭豬被驚醒，牠們貼著牆壁發出叫聲。他隨手抓起泥塊，用彈弓打牠們，牠們一點也不疼。

第二天早上，小姨拎著塑料袋，裡面是食物，她說：「我們去市區看病，後天回來。」姨夫在大門口抱著表弟。

「什麼病？」他說。

小姨和姨夫走了。

中午，老人拎著鐵桶來餵豬，他動作很慢，每跨一步都需要吐出很多口氣，掉很多根白髮在地面，他站在豬圈外抽著菸，看著椿樹。

「我不知道能不能熬過這個冬天。」老人說。

「你看起來很健康。」他說。

「他們都這麼說，但不希望我熬過這個冬天。」

「你希望嗎？」他說。

老人拎著鐵桶走了。這兩天，他都會拎著鐵桶過來。

中午他吃了點東西，走到土路上，走了一公里，在瀝青路上遇到黃裙子女孩。女孩看著他。

「他們呢？」他說。

「去踢球了。」女孩說，「你不上學嗎？」

「我不用上學。」

他陪著她，在瀝青路上走了一段，從拐角口進入另一條相似的土路，只是這條路旁有條小河，不是水渠。

「夏天，河裡全是青蛙，現在已經沒有了。」女孩說。

「裡面有魚。」他盯著水面，水裡有一指長的小魚群。

他們沿著河邊走，他繼續跟在女孩後面，看著她腳下蹭下去細小的石頭，落入水中泛起漣漪。

又走了一段路，女孩說：「我到家了。」她朝紅色大鐵門走去。

她在門縫裡探著頭，說：「再見。」

他沿著河流朝瀝青路走，又回到自己熟悉的那條土路。在路上，他撿到一口生鏽的鐵鍋。

9

老人倒飼料的聲音吵醒了他。他睜開眼，說：「能給我一個網子嗎？」

老人看著他，「做什麼？」

「我想吃魚，昨天我撿了一口鍋。」他說。

老人驚恐地看著他。

「怎麼了？」他用手壓著被子。

老人看起來好像想遮掩自己的眼神，他不知道老人怎麼了。

他跟著來到老人的家，院子裡有頭驢和兩隻母雞。

老人遞給他兩個雞蛋。

他說：「我有吃的，只是想吃魚，在市區很容易買到。」

「還要什麼？」老人說。

「夠了。」

他拿著竹竿和漁網，走到了女孩家附近的小河邊。這些魚並不好撈，他得從距離魚群四十公分的地方，輕輕地把漁網探進水裡，再慢慢接近，有時可以撈上來一兩條，倒進塑料袋裡。塑料袋裡至少有半斤小魚。河水渾濁，短時間內沉積不了，他看不清水底。

在他撈魚的時候，高個出現在他身後。

他知道有人在看他，想多撈上來幾條，但是動作不夠穩，一條也兜不住。

「來找家吃飯。」高個說。

他跟著來到高個的家。大門與女孩家隔著三戶。

進去的時候，一個中年女人從屋子裡走出來，打量著他。他們三人站了半分鐘。

「他的病不傳染。」高個對中年女人說。

高個過去，他們說了幾句什麼，然後他拿著一個蘋果走過來，說：「給你蘋果。」

他吃著蘋果，一手提著漁網和一塑料袋小魚，肚子空空地往回走。

回到家，他在豬圈外搭了幾塊石頭。炊房的門鎖了，他在窗臺上找到打火機，在院子的水井旁把鍋洗了，用那口鍋煎魚。因為沒有油，魚肉變得破碎。

小姨回來了，她獨自抱著孩子，走到豬圈前，看了眼豬的狀況，開了客廳的門鎖。

他捏起魚肉，填到嘴裡吃了，又軟又鮮，連魚刺也一起咽下去。接著，他突然跑起來，衝到客廳，對小姨說：「我不想死。」

小姨把表弟放進小床裡。

10

清晨，有人朝豬圈裡扔石頭。他打開院子大門，走到圍牆外，是黃裙子女孩。

「我帶你做好玩的事情。」她說。

他跟著她。他們路過石灰廠，走到水塔，又向北拐了段路，田野裡有個小房子。在一旁，地面上露出水泵，連著管子噴出碗口粗的水柱，流向水渠。這條水渠一直通向瀝青路。

他們進了小房子。窗戶上貼著報紙，地上有張舊草席。他站在房子裡，看向窗戶外面，抓蝲子的山上長滿了松樹，山頂上一片荒涼，上次他並沒有到達山頂。

女孩把衣服脫了，疊好衣服，放在草席的一端，她雙手環在胸前坐在那兒。

他不知道該怎麼辦。女孩說：「你把衣服脫了。」

他脫了衣服，搭在窗臺上，走到草席上坐了下來，破縫的木板裡吹進來涼風，他抱著女孩。

「不要抱我。」女孩說，她躺了下來。他跟女孩並排躺下來，天花板的角落裡有個燕子窩，他想起在石頭上擺放著的冰冷燕子。然後他趴在女孩身上，順著她手的牽引，很快便習慣了。

女孩穿好衣服，走了出去。他看到女孩走向水泵旁的水柱，女孩在水流下蹲下來清洗了一會兒，又朝房子走來，他坐回草席上。

她回來後，額頭濕淋淋的，摸著頭髮，問他：「好玩嗎？」

「好玩。」

「還要嗎？」

「要。」

他再一次爬到女孩身上。草席並不舒服，在他的膝蓋上磨出擦傷。

他下巴上滾著汗水。女孩伸手擋了一下。

然後女孩看著周遭的一切和他趴在身體上的樣子，對他說：「這是什麼呢？」

他想描述當下的狀況，但並不能總結出來。

「痛苦。」他說。

11

「你媽要來了，你得搬去炊房，不然她會以為是我讓你住這兒的。」清晨，小姨站在豬圈門口說。

「我可以不待在家裡。」他說。

「不見她？」

他穿好衣服，一路走到兩公里外的水塔那兒，站在一旁，遠遠地看著小房子，並想著女孩從水柱走向房子的一路時，他沾滿泥土的衣服從窗臺上滑落下來，一隻千足蟲鑽出石頭。

接著他往山上攀爬，疲憊地抵達山頂。在空無一物的山頂上，他看到沿著瀝青路，分割出許多條土路，每條土路的一側都是成排的屋子。朝近的地方看去，依然可以看到那個小房子。

他在山頂坐了一會兒，想起母親去大伯家借錢的樣子，大伯懷孕的女兒坐在一旁，大伯站在陽臺上不知道往下看什麼。母親在回家的路上對他說：「他不會想起以前幫他從電廠搞這套房子的狀況，現在他滿懷期待自己又多了一個孩子，他們住在這間房子裡，我們多站在那兒兩分鐘都那麼難堪，以後也不能再來。」接著，母親又笑著說：「但是這個家族每個人都會到這一步，這是支撐我站在那兒的理由了。他們每個人都會這樣。」

他說：「像我這樣嗎？」

他翻下山來到水泵邊，喝水，然後回家。

「你媽媽走了。」小姨說。

他回到豬圈，靠在牆上坐著。

不一會兒，他鼻子流了血，他想找點紙，周圍沒有，就趕緊躺下來。鼻血順著脖頸流到被套上，他看到上空尖刺一般的藤條，在木頭與乾草糾纏成的棚頂穿透出來，遠處傳來渾厚的警報聲，石塊上露出燕子細長的黑尾，牠已經開始腐爛。那是他第一次聽到拉莫的呼喚。他想起父親在多年前被尿毒症折磨而死去的前一天，對他說：「遠處的拉莫在看著你，那是你的神，他總是看著你，除此之外什麼也不做，有時候你可以感覺到他。但是一生只有那麼幾個瞬間。」

12

他從下層的泥巴裡把牙刷和香皂挖出來，牙膏已經徹底廢棄了，他用井水清洗乾淨，從炊房取了一管乾硬的牙膏。刷牙，洗臉，又把布滿抓痕的胳膊也洗了洗。

他走到瀝青路口，等著。

女孩和沈浩來了，還有高個。

高個看了他一眼。

他們沒有往回家的路走。三人朝著小山的方向，他一直跟在後面。

到了水塔，高個和女孩朝遠處的小房子走去。他和沈浩站在原地。

過了會兒，女孩來到水柱那兒，蹲下來清洗，高個走過來站著，女孩跟著沈浩走進小房子。

高個說：「你要去嗎？」

他搖搖頭。

「那你跟我們來幹麼呢？」

「我不知道。」他說。

他最終還是朝著小房子走去，他站在門口，看著沈浩趴在女孩身上。

女孩說：「這是什麼呢？」

沈浩說：「什麼是什麼？」

女孩看到站在門口的他。她說：「就是現在，是什麼？」

沈浩不知道為什麼，回頭看了一眼，喊道：「你他媽幹麼呢？去那邊兒等著。」

他朝水塔走去。高個穿著他的靴子，在水柱前用水洗著上面的泥土，說：「你真不去？」

他用手接了水，涼透了。

「快活，除了這之外我不知道還有什麼事能這麼快活。我覺得你不該待在這裡等死，應該去做很多事，因為你做不做，都不知道哪天會死掉。你小姨跟我們說了，城裡的親戚拿你沒辦法，對吧？所以你耗在這裡，幹麼呢？」

「我不想死。」他說。

「那可由不得你。」

13

之後有一週時間，在白天，他都待在屋子裡，看著一歲半的表弟。他觀察著這個幾十公分長的生命，表弟會把眼前所有東西都抓到手裡，他身上沒有流著腎病的血，看起來健康從容。

「實際上，這個星球並沒有什麼路徑可走，到處纏滿了荊棘，骨頭的碎片混在路面上，你總是很疼，但你可以從空氣中捕獲一絲溫暖的東西，是螢火蟲一樣的東西，你可以在過去獲得愛撫，在更遙遠的過去獲得溫存，那些地窖或墳墓一樣的地方。你從溫暖的墳墓裡爬出來，去往冰冷的墳墓，這中間的過程就是現在。所有的一切被叫做鬥爭。人們從大地上獲取皮毛，從大地上獲取鮮血，祭祀給不需要的人。人們互相撕扯著頭髮，在不存在的路徑上四處逃竄。」

在忍耐了長達一週的沉默之後，他聽到表弟對他說。

14

十一月，天氣變得更冷。有一天老人拎著兩隻母雞來找他。

「我可沒地方養，你應該送給小姨。」他說。

「我要去山上住了。」老人說。

「為什麼？」

老人放下雞，走向大門。他跟了上去。

他們翻過東邊第一座山，翻過第二座山，坐在山頂，老人從包裡取出兩個花卷遞給他，他吃了。

在第三座山的山腰上，有一個山洞。老人鑽了進去。

山洞很矮，他得彎腰才進得去，於是就站在門口。

「看看我有什麼呢？這雙鞋子，一身衣服，還有十個花卷。」老人說。

「你還想要什麼？」他說。

15

他幫沈浩搬著一床棉被，高個還拎著其他什麼東西，因為女孩的父親把她趕了出來。

他們來到小房子，沈浩用木板把窗戶封上了，又修好了門。他說：「這樣就不會冷了。」

女孩一直在掃地，沈浩在門口支起一個火堆，他們帶來了玉米、鹽、土豆、一條鯉魚。他把自己的鍋也帶來了。

他們吃著東西。高個說：「你得在這裡住一段時間，直到他們來找你。」

「他們不會來找我，因為我有了小孩。」

「那以後我會經常來看你，這是我的小孩。」

「對，這是你的小孩。」女孩說。

然後高個拉著女孩進了小房子，又站在門口說：「以後你們就不能來這間屋子了，懂嗎？」他們關了門。

他和沈浩撲滅了火堆。已經到了傍晚，遠處的電線杆變成一條條黑線，他們遠離了小房子。天空的顏色像是被青色的石頭磨過。

一個中年男人拎著把斧子走來，他們站在路邊看著。中年男人走向小房子。沈浩喊了一聲，但是高個不會聽到的。

他聽到小房子裡傳來叫喊聲。

接著，中年男人一手拎著沾血的斧子，一手拽著女孩的頭髮，從小房子裡把她拖出來，她身上沾著血。他們路過水柱，路過水塔，到了土路。中年男人面無表情地看了他和沈浩兩人一眼，繼續拖著女孩在土路上行走，塵土飄起來。女孩起先掙扎，後來她找到一個辦法可以不那麼疼痛，她用手抓住中年男人的胳膊。

他和沈浩走向小房子，門被劈開，他從窗臺上拿過蠟燭，點燃，在燭光下，高個一直在吐血，腹部以下一片暗紅。

高個對沈浩說：「去告訴我媽，告訴她那是我的孩子。」

他們在等待沈浩繼續說什麼，但沈浩只是低著頭，費力地喘氣。

他和沈浩走出屋子，穿過土路，來到瀝青路，他們遠遠地就看到女孩家聚集了很多人，他們圍在大門外聽著裡面瘋狂的叫喊。

高個的母親像頭失控的野豬，開著拖拉機衝出來，撞了女孩的家門。

她向瀝青路行駛時看到了沈浩，說：「他在哪兒？」

「他讓我告訴你，那是他的孩子。」沈浩說。

拖拉機巨大的聲音綿延了很久。

沈浩說：「我們不會再見到他了。」

他說：「如果晚一會兒，就是你在那個房子裡。」

「不會，他說了，我們不能再進去。」

「但你可以偷著進去。」

「這裡又不是只有一個房子。」

16

有一天中午，他站在大門口，遇到自己的母親，那時他已經更加枯瘦，每天清晨尿出鮮紅的東西。他的母親拎著行李箱，裡面裝著他所有的東西。

母親說：「我已經支撐不住，他們不讓我再來了。」

「現在你住在哪兒？」

「我住在另一個男人的家裡。」

「你還是很漂亮，媽媽，我已經不恨你了，因為我又親眼見到一個年輕的父親死了。」

「你有什麼想要的嗎？我也許不會再回來了，搬到另一個城市，我每次想到你都難過得昏過去。」

「幫我買下水塔旁的小房子。」

「不想住在小姨家嗎？」

「我得有自己的房子，不然每天都很難堪。」

他的母親買下了水塔旁的小房子，請了工人，換了屋頂、門、窗戶，粉刷了牆壁，買來了家具，還在房子的一側搭了個小棚子。

兩天以後，母親走了。

他拆掉了豬圈的柵欄，牠們沒有立即跑上來，還是趴在下面。

他從小姨家搬走，搬去了小房子，把燕子乾燥的屍體放在窗臺上，他看著遠處被炸掉一半的山。

17

他把母親給的錢帶在身上。

到了晚上，屋子裡黑洞洞的。他打開門，站在田野裡，可以看到住宅恍惚的燈光，他一直到燈光滅了後才回到屋裡的床上。半夜，窗外有不知道什麼動物發出的聲音，他會驚醒。有那麼幾個瞬間，他還可以感覺到高個曾躺過的位置，現在那兒擺放著一張桌子，桌子上什麼也沒有。

第二天，他買了四百米的電線，兩個大線圈，來到水泵的主人家。

「我希望能通上電。」他說。

「那個房子不通電，我告訴過你媽，你不知道嗎？」

「但是太黑了，我希望能通上電。」

「沒有電。」

「我可以從水泵那兒拉一根電線，連到房子裡。」

「誰給你連？」

「所以下午，你把水泵的電閘關掉，我去連電線。」

「滾吧你。」

他走了，本來想把電線帶走，但是拎不動。

下午的時候，水泵主人從家裡拉出一條電線，在空中穿過馬路，繞在路燈上，垂下來，並告訴他，他連好了就會給他通電。

他找來木棍，每隔三十米就插進田野的土裡，電線搭在木棍上，一直連到小房子裡。當天晚上，屋子裡亮起了燈，他不需要再走出去了。

為了不被風吹倒，第二天清早開始，他在每個木棍下面圍了幾塊豎立的石頭。他花了很長時間來做這件事，總是在疲憊不堪的時候就會有鼻血流下來，滴在石頭上，這時他需要蹲下來休息一會兒。

18

為了不吃堅硬的乾糧，他在房子一側的棚子下，用磚頭搭了灶臺。他不想用那口生鏽的鍋，打算買一口新的。於是在下午，他走到水塔，沿著土路，路過石灰廠，路過小姨家時，他看了一眼。

到了瀝青路，他朝另一個方向走，來到了鎮的中心，在商店買了鍋和碗、一隻燒雞。他拎著這些東西，走到有河流的土路，站在女孩家門口，紅色鐵門被撞出一米多深的大坑，透過裂縫，他看到死寂的院子。

他在土路的路口遇到了沈浩。

「我搬了地方。」他說。

「我知道。」

「你要來嗎？」

「也許哪天去看看。」

「她怎麼樣了？」

「誰？」

他看著沈浩。

沈浩說：「她爹進了監獄，她媽走了，她也不上學了。」

「你又見過她嗎？」

「我聽別人說的。」

「一個人沒有什麼不好。」

「她很快就會不好了，她媽會把房子給別人，也不會帶她走，她不肯打胎，學校也不能去。這世上什麼人都有，是不是？」

「對，什麼人都有，只有快死的人到處都是。」

「她爹為什麼非要殺了他呢？」沈浩說完就走了。

他回到家，用樹枝把燒雞穿起來，架在灶上烤，這是他來到這裡之後吃過最滿足的一次。吃完後，他沿著田野，來到水柱旁，捧了水，洗手洗臉。想起女孩站在這裡時，水還沒有現在這麼冷。他抑制不住地哭起來。

19

第二天，他帶著剩下的半隻燒雞，還有幾根玉米，爬上了山。

在山頂，他看到自己的小房子，他覺得還缺一圈柵欄。

翻過兩座山，他來到了山洞。洞口就可以聞到不好的氣味，但並不是死屍的味道。他喊了一聲，裡面有微弱的回音。

「我不知道還能不能走出去。」他聽到裡面說。

他不太想進去。「我帶了燒雞。」他說。

大約五分鐘後，老人走出來，膝蓋上捆著破損的棉被，一臉汙垢。

他看著老人啃著燒雞。「那個女孩的父親殺了人，她的母親去了外面。」他說。

「總是有這樣的事，人們不能控制自己，在每個地方都不能控制自己。」

「我已經不住在小姨家了，有了自己的房子，很小，但足夠我住。」

「那就好。蠟燭已經燒光了，如果你還來的話，給我帶幾根蠟燭。」

「可以生火，我在這兒搭個火坑，我現在很會幹這事兒。」

「不敢生火，如果有什麼東西燒起來了，我手腳沒那麼快。」

他看著周圍所有逐漸枯萎的植物，以及地上隨處可見的石頭，這些石頭下面也許會有蠍子、蜘蛛，或者什麼都沒有。

他站起來的時候有些頭暈，但他不想留在這兒，就硬撐著走了幾步。他不知道自己下次還能不能過來，現在一天比一天虛弱，同時又可以看到更虛弱的事物，以及在路邊無時無刻不在進行著重生的植物。

「你要走了？」老人說。

「再晚些，我可能會中途翻下山，即使現在往回去，天黑之前也不知道能不能到家。」

「多留一會兒也沒什麼用，走吧，別再來了。」

「我會帶蠟燭來。」

下山的時候，他的膝蓋疼痛起來，每走一步，膝蓋的一側筋絡都像被針管抽出來般痛楚。所以他不得不走一會兒就坐下來，儘管揉搓膝蓋也不能緩解，但他還是用手掌捂在上面。在天即將完全黑下去的時候，他到了水塔。

他躺在床上，預感自己不會再翻山去看老人了，而只要第一場雪下起來，如果老人不生火，就會在那個夜晚被凍死在山洞裡。這是很多人期待的事情，也是他周圍很多人期待著發生在他身上的事情。他的母親需要來看到他的屍體，嚎啕大哭一場，才能不在新的地方受到煎熬。

20

路。

中午時，他想起了表弟，就來到了小姨家。正好看到小姨站在大門口，表弟被扶著練習走

「你餓嗎？」小姨說。

「我來拿我的雞，也來看看表弟。」

「你連他叫什麼都沒問過。」小姨低著頭，攥著表弟的肩膀。

「他告訴過我。」他失落地看著小姨，午後的陽光稀薄得像一層蛻去的殼。「他還跟我說過，天與地的事情，人們走向墳墓的事情，還有祭祀和獻血，他讓我想起每個人出生時就知道的，只是現在他開始遺忘了，而我已經可以回憶起來。」

小姨看著他。

他接著說：「他還告訴過我你領著男人來家裡的事情，他抓撓著小床的木欄，那是一根坑窪不平的木頭，他的父親在另一個地方打磨大理石桌子，空氣中飄滿了白色粉末，有些飛進了眼睛但不能用手去揉的你知道嗎？這些都是他告訴我的。」

小姨緊緊抱著表弟，進了大門，她說：「你再來，我會叫人轟你走。」

他看到在門縫裡，表弟惶恐地看了他一眼。不一會兒，兩隻雞被扔了出來。

他提著雞回到家，把牠們拴在棚子裡。

21

夜晚下了雨，他把兩床被子疊在一起蓋在身上，當病痛發作時，他不敢再撕扯被子，就用嘴咬住枕頭，後來昏睡過去。醒來時，枕頭被口水浸濕了一大片，他把枕頭濕潤的一頭放出被子晾在外面，他自己還縮在被子裡不想出去。這時有人站在門口敲了他的門。

「誰？」他從被子裡伸出半個頭，房子裡冷極了。

他聽到女孩笑的聲音。

「你等會兒。」他說。他穿起衣服，開了門。

女孩比平時看上去要更整潔，頭髮梳理過，她的肚子已經看得見形狀，拎著兩個包站在門口。

「我不想住在家裡，家裡來了太多人，很煩，我能住在這兒嗎？」女孩說。

他搬過一把椅子給她坐下。一隻小狗蹲在屋外。

「那是我的狗，牠跟我一起。」她說。

22

他在屋裡用原來的木門鋪了第二張床，在上面墊了很多乾草，這樣才不至於硌得無法入睡。

夜晚時，女孩躺在床上，對他說：「你不跟我一起睡嗎？」

「不了。」他說。

「我可以幫你。」女孩說。

「什麼？」

「你記得好玩的事情嗎？」

「我記得，但沒有什麼好玩的事。」

半夜，他聽到女孩在被子裡的哭泣聲。哭泣時斷時續，他混淆了哭聲是不是從自己的夢裡傳出來。

第二天，狗把拴在棚子那兒的兩隻雞咬死了。女孩發現後，拉著他的胳膊，站在棚子門口看著，那隻狗趴在一旁，牠吃了一個雞頭。

他在鍋裡燒了開水，把雞燙過後拔了雞毛，塗上鹽，掛在棚子上晾起來。

女孩似乎是為了彌補什麼，不知道從哪兒找來藤條，開始編製一些器皿。

白天，他帶著狗在山腳下閒晃，空氣乾燥而寒冷，地面也越來越硬。狗在一個小洞穴裡發現了一條蛇，他用樹枝把蛇挑出來，撿了石頭砸了蛇的腦袋，帶回了家。

他從蛇腹裡伸進去剪刀，劃開，剝了蛇皮，蛇肉燉在鍋裡。女孩在吃飯的時候跟他說：「如果還能找到更多的蛇皮，可以給你做頂帽子。」

於是接下來的幾天，他都帶著狗，企圖再找到一條蛇，但沒有什麼收穫。

23

第一次有石頭扔進屋裡，他不在家，女孩把破碎的玻璃掃了，用報紙貼了窗戶。

接著，在夜晚，第二次有人扔進來石頭，砸到他的大腿上。他爬起來，推開門，看不到任何人。

24

他每天大部分時間坐在那塊門板上，女孩坐在床上編藤條。他不知道自己還可以活多久，現在他已經很少流鼻血，只要流出來，就像是從額頭擠出去些東西。錢放在床底下，等用完這筆錢的時候，他不知道自己虛弱的身體還可以去做什麼。

沈浩來的時候，他正拎著桶在水柱那兒接水。沈浩嘴裡叼著一根菸，看向小房子。

「正好來吃雞，已經晾得差不多了。」他說。

沈浩跟他進了小房子，當屋裡有三個人的時候，就顯得狹小擁簇，沈浩坐在他的木門床上，他靠在窗戶上。

「冬天會很漫長，你們怎麼辦？」沈浩說。

「我想用電暖爐，但這根電線會燒斷。」他說。

女孩坐在床上，雙手環在胸前。

「我家裡有個多餘的爐子和燒水壺。」沈浩說。

他們跟著沈浩出了門。女孩在這一週裡從未走出過水塔，現在她來到了瀝青路，站在路口，望著自己遠處的家。

「你知道自己家裡住了什麼人嗎？」沈浩問女孩。

「不知道。」女孩說。

「什麼人也沒住，他們還沒搬進來。」

他們到了沈浩家，院子裡沒有人。沈浩掀開炊房旁的塑料布，下面蓋著一個生鏽的爐子。

「我要去學醫了，春天就去鎮裡的診所，如果我學會了，你還活著，說不準我可以給你看病。」沈浩說。

「你是個好人。」他說。

「所有人都是好人。」沈浩說。

他抱著爐子，沈浩給了女孩一袋子核桃，還有兩顆大白菜。他們離開沈浩家的時候，沈浩騎著自行車出門，車把上掛著一個塑料瓶。

他跟女孩走在回去的路上，河流的水很淺，他想起送女孩回家的那天，如同過去了很多年。他已經記不起那張漁網放在了哪兒。

「你有沒有好奇過我們周遭的一切為什麼是這個樣子？如果你站在另一個角度看，這有多神奇啊。」女孩說。

「什麼？」他說。

「我不知道怎麼描述，我走過無數次這條路。當我被拖回家的時候，背上都是血，我現在還能記得自己當時的樣子。」

「我看著你被拖走的。」

「我被拖著的時候，只能仰著頭看著夜空，我從來沒有這樣過，背上像是被銼刀磨著一般疼，但睜開眼，全是夜空，可以看到星星連成的線條，我觸碰那一根根的線條回到家。」女孩說。

他停住，抬起頭，看著夜空，風吹在臉上，如同寒鐵一般。

而這時，渾厚的防空警報聲響起，遠處的一座山在震動，他感覺到拉莫的呼喚，他放下爐子。

女孩不知道發生了什麼，他們的房子在黑暗的田野上燃燒，火光照亮一圈龜裂的土地。女孩凝望著房子，她手裡的東西掉落。

他仔細聆聽並辨識著所有聲音，只是什麼也接收不到。

女孩朝房子跑去。她沒有什麼辦法把水柱的水引到房子裡去滅火，站在一旁看著。這是入冬以來最暖和的夜晚。

燃燒起來的乾草從窗戶裡飛出去，變成更微弱的東西，消失在黑暗中。他朝著房子一步步走去，站在門口，恍惚地注視著火焰。「你是一個蕩婦，對嗎？」他說。

「為什麼？」女孩說。

「你跟很多男人睡覺，跟你父親睡覺，跟你的鄰居睡覺，所以你母親不管你，所以你父親把他殺了。」

她轉頭看著他，火光照亮她的臉，慘白而失落。

「你聽到了嗎？」他說。

「我又能做什麼呢？」她說。

「你要記住我現在說的話，遠處的拉莫在看著你，那是你的神，他總是看著你，除此之外什麼也不做，有時候你可以感覺到他。現在你感覺到他了嗎？你記住我說的了嗎？」

她雙手靠在一起，閉上眼睛，面對著這團大火。

「十一歲的時候，父親趴在我身上，我問他，這是什麼呢？他說，這是世界的祕密。那你的祕密，就是痛苦嗎？」

他笑起來，他把撐電線的木棍從土地裡拔出來，走到棚子那兒，把掉在地上沒有完全炭化的臘雞撥出來。

他說：「我知道的，你被拖在地上的時候在想什麼，像夢一樣，一不留神就會像夢一樣，比如現在，你既不知道是誰燒了房子，也不知道是誰讓你如此不堪，什麼都不會知道。」

「所以，我是誰呢？」女孩說。

「你是一個蕩婦。」

「你真的這麼想？」

「對，我也是一個蕩婦，你看，現在我躺下來了。」他躺在地上，手裡拿著臘肉。「現在我是死亡的蕩婦，不論怎麼折磨，我都會赤裸地躺在這裡，不會再去任何地方。」

25

他們在外面一直坐到天亮，清晨時，他走進去，房子裡一片殘渣，一團黑乎乎狗的屍體，他看到牆角沒有完全燒焦的塑料瓶，是沈浩掛在車把上的塑料瓶。

沒有任何東西可收拾，他帶著她往山上走去，他想找一個跟老人所住的差不多的山洞。在翻過兩座山後，這中間他只看到一個一米多深的山洞，不能住進去。

他到了老人所住的地方，那一團奇怪的味道在寒冷的空氣裡像是某種粗糙的東西。

「這裡有人？」女孩對他說。

「有的。」他說。

女孩朝洞裡喊：「有人嗎？」

沒有聲音。他們很疲憊，坐在外面的石頭上。休息了一會兒，他站起來，說：「我進去看看。」

他走進去，按著打火機。這個山洞的四壁如同油煙機管道，走三四米就到了頭，他看到了老人，躺在紙板上，還在呼吸。

「我來看看你。」他說。

老人轉過身來，他臉上嵌著條條深邃的汙垢，眼睛裡全是陰影。

「我的房子被人燒了，我得在後面的山上找一個山洞。」他說。

「外面是誰？」老人說。

他看了眼洞口，說：「她跟我一起走。」

老人坐起來，他腿上圍著無數帶折痕的紙板。

「幫我用塑料桶打點水，在後面，不遠。」老人說。

他從一口破鍋旁拿起塑料桶，走了出去。他對女孩說：「你等我，我去打點水，很快回來。」

女孩揉著小腿，點點頭。

他沿著沒有走過的路，繞到了山洞後面，想著過會兒也一定是順著這條路繼續尋找山洞。

白天，這條從山頂形成的水流還沒有結冰，他把塑料桶口貼在石頭上，水緩緩灌進去，當皮膚也被水流過，低溫已經開始讓手指疼痛了。

26

在這條細小的水流前，接滿水用了五分鐘，他又花了半小時爬上山，來到洞穴。他沒有看到女孩。

他想著女孩一定因為寒冷進了洞穴。

他走進去，把塑料桶放下，點著了打火機，他看到女孩躺在紙板上，額頭上流著血，下半身赤裸著，那條淺藍色的褲子被揉成一團扔在地上。他走過去，扶起女孩，女孩又軟下去。

他走出洞穴，坐在石頭上，像是被萬千螞蟻噬咬。然後他看到通往下山去的路邊，一棵最高的樹上，老人赤身裸體地吊在樹幹上。

那是他一生看過的最醜陋的畫面。

他跑進洞穴裡，趴在女孩腿上哭起來。他什麼聲音也聽不到，並且不清楚所有事情。

女孩隆起的腹部像一團潔白的雲，他聽到女孩，以及這雲層下一個生命的心跳聲，這是他再也無法忍受的。

「你知道嗎？我對你有愛，如果細想下去，是因為我身邊沒有其他人嗎？看起來是這樣，但不是的，所有發生過的事情都是不可更改的，每一個瞬間也都是不可複製的，這幾乎是我對世界唯一的愛了，現在，也是我所有勇氣，我把它都給你。」

他舉起女孩肩膀旁那塊沾血的石頭，對著女孩腦袋砸上去。

下山的路上，他摔倒過兩次，手掌劃開了傷口，翻開的皮肉沾滿沙礫，而他無法清理傷口。

27

那座燒焦的房子遠遠看上去像一塊煤炭，表弟站在小房子的門前。表弟身高只有幾十公分，看到他時，表弟笑了起來。

在他向房子走來時，表弟站在這片藏青色的荒原裡，說：「我把我知道的一切都告訴你，那是我的全部，我還知道別的事情，但已經記不起來了。重要的是，我知道痛苦其他的樣貌，它們像是白鳥的羽毛，像是水面上的煙花，像是雪山的幽靈，它們是一切不可訴說的、靜默在永恆裡的、被掩埋著的枯萎、灰敗和消亡。所以當你能不模糊地看到周遭時，那只在開始的時候，隨後，你沉入地面，沉入海底，還有無數冰錐般的漣漪，切割著你所有的時光，由此使你回憶起所有破碎的事物。」

他一點也不感到驚奇，站在小房子一旁，看著表弟。

「我可以跟你對話，是吧？」他說。

「是，一直都可以。」

「我已經沒有勇氣了，現在該去哪兒呢？」

「你可以把自己埋進土裡，大家都這麼做。」

「我不知道我依戀的是什麼，我以為這所房子能讓我度過剩下的時間。我該去把沈浩殺了嗎？」

「他已經走了，這是他幹過的最輝煌的事情，他現在還不知道意義，但有一天他會知道的，他會知道毀滅了自己的什麼，會知道這片灰燼的祕密。」

「你就像個蠢貨，你以為自己出生只有幾個月，在這裡滔滔不絕，就可以顯示自己看透一切了？」

「我只是告訴你我所知道的，但這是多麼傷感。其實我無法感受你，你看到的是腐爛的、凋亡的，還有天空，快看，天空，面目可憎的拉莫，你存在的每一秒，被痛苦占據的每一秒，他都看著你，炸彈傾瀉而下，汙濁的雨水向大海流淌，剩下乾枯的屍體堆積在這裡。」

他再也聽不下去另一個人的自憐，走到瀝青路上。

他沿著瀝青路一直往東走，那是去市區的方向。

28

在行進的時間裡，每個夜晚他都可以找到一間廢棄的屋子，他撿到一片塑料布，白天圍在身上擋風，晚上就鋪在地面上，但寒冷仍一點一點侵蝕著他的關節和臟器，當他連搜刮來的食物都吃不下的時候，他知道身體已經徹底毀壞了。

一週以後，他走到市區，來到自己的家，裡面已經住了陌生人。他打聽到了母親現在的住址。在樓下，他偷了一輛自行車，用最後的力氣騎著來到母親家。

隔著門，他聽到有小孩吵鬧的聲音。母親開了門，看起來氣色還不錯。

他站在樓道裡，沙啞又不清晰地說：「我經歷了很多事情，非常艱難地來到這裡。」

母親睜大了眼睛，看向她身邊的男人，那個男人走到陽臺上，像大伯一樣不知道看向窗外的什麼。

母親看著他，目光裡全是恐懼，她說：「滾出去。」

他最後一次聽到那悠遠的防空警報聲，伴隨著一片耀眼的閃光，幾乎穿透一切的閃光。

遠處的拉莫：邊界

母親死後，我做了去往拉莫的打算。我陪伴母親度過了她最後的日子，因為虛弱，最末的一週她只能喝水，這些水並不乾淨。我把大部分東西都換成了藥，父親的衣服，還有那些皮革做的東西。他從來不讓我們碰。但沒什麼用，母親知道她要死了，我也知道，她偷偷把那些藥藏了起來，在她閉上眼睛的前幾分鐘告訴我，藥在床頭與牆壁夾角處，一個剪開的易拉罐裡，裡面墊了報紙。她怕扔進去時會發出聲音。

我推著自行車，母親彎折著捆在後座，她的手有時候會摩擦地面，但我已經顧不上那麼多，如果不快點運到范先生的焚化廠，這輛自行車很可能會在路上被誰搶走。所有死去的人都會送到范先生那兒。他處理後面的一切，衣服、脂肪、骨骼，包括頭髮，每一樣都有用。他有一整套設備。這個城市一共有四個焚化廠。

走在露天的地方，這些廢棄的樓與樓之間，會很危險；如果走下面的路，那原是地鐵或者下水道用的通道，有時可以迅速到達一個地方，可更多時候根本上不來。所有人都知道下面很危險，五年前一直是軍人控制著整個地下通道，他們會給人放行，只要給一點好處。後來軍人被屠殺，有那麼半個月時間沒有人知道下面發生了什麼，那半個月裡帶著一點好處下去的人再也沒上來過。一具屍體，可以換一個月口糧。我運送母親去范先生那兒，可以換一個月口糧，這很重要，否則我根本不敢動去拉莫的念頭。

母親和我都罩在黑色塑料布裡。現在是初秋，只過了一天，沒有氣味滲出來。如果母親去世的時間更早，我不敢做這件事，無論用什麼東西包裹住，屍體的氣息總會飄出去，然後他們會從某個角落裡冒出來搶走。如果更晚一些，屍體會迅速僵硬，我根本不知道怎麼把像木樁一樣的母親運到范先生那兒。我身上一點吃的也沒帶，只帶了半瓶水。

我住在三樓，父親去世前，鄰居曾來我們家，父親會煮茶給他們喝，他們在陽臺上種蔬菜。那大概是最愜意的時候了，我們兩家人坐在一起，他們的女兒二十歲，她喜歡把頭髮纏在腦後，用食指和拇指捏自己的上嘴唇。每週日的下午我們會在一起，因為週日父親才會換新茶，之後的一週我們只會接著喝這些沒味道的樹葉子。鄰居帶來菠菜，有時是豆芽，母親澆點鹽上去，那是最溫馨的時候。小時候我們總是無休止地爭吵，大遷徙發生以後，我們很少爭吵，並珍惜一切。後來，他們知道了鄰居私自種蔬菜的事情，他們砸掉鄰居的門，搶走了所有東西。那天我正出去教課，是的，有的蠢貨，我覺得極其蠢，他們還想著讓自己的孩子學會點什麼，我因此能賺點錢，這也不是我唯一的收入，我主要是去范先生那兒工作，能得到那個工作機會，是因為范先生很喜歡我的畫，雖然我早已不畫了。那天下了課，我回到家，看到鄰居家被劈爛的門，他們屋裡全是各種骯髒液體胡亂潑灑的痕跡，還有血混在裡面。鄰居的母親坐在地上。通常都是這樣，父親被殺掉，孩子被強暴然後帶走，只留下一個母親，他們約定俗成就這麼幹。他們完全可以把剩下的這個中年女人也殺掉，但他們從來不這樣趕盡殺絕，可能會因此認為自己做的是對的。我想踏進鄰居家的門，又沒有，我猶豫該怎麼做，實際上我先查看了我的家門，確認沒有被破壞才站在鄰居家的門口。

我站了足足有一分鐘。「需要我幫什麼嗎？」

她沒說話，我又站了一分鐘，我的母親打開門，捏著我的袖子進了家門。我看到父親腦袋上全是血，一直流到肩膀，我知道父親也許出去看了一眼，我不覺得他能做什麼，他可能只是看了一眼，因為我們之後也沒有聊過這件事，父親在受到這次傷害後沒多久就去世了。我帶回來一瓶酒，算是半個學期的獎勵，雇我的那戶原來是個醫生，醫生比大多數人過得都要好，如果鄰居家裡有個醫生，他們就不會這麼對待他們。醫生對所有人都有用。

母親拿過酒，藏進了櫃子裡。我說：「他們家的其他人呢？」

沒有人說話。

地面有成百上千的裂縫，其實汽油在很久之前就消失了。但這些地面，包括樓宇，上面總會衍生出許多裂縫。沒有汽車，衣衫襤褸的人也越來越少，他們穿著用能找到的所有皮革來包裹的鞋子。我喜歡看這些裂縫。從前我在醫生家裡，在教那個小孩認識某種事物期間，我總會看窗戶外面的那些裂縫。在我看來，那些裂縫是介於人工物和自然物之間的作品，它們既不是直線，也不是曲線，是人工與自然調和後的產物，在看不到的時間間隙中仍在生長著——如同癌變。所謂的窗戶，被木板封鎖了起來，這裡所有房間的窗戶都被木板或厚紙板封著，裡面有沒有人無從判斷。我不知道該怎麼教那個孩子，我告訴他關於地理和生物的知識，這一點用都沒有，雖然我出生時所學到的東西也都沒有用處，但比現在的情況好多了。我沒法向他描述這個世界，這是他父親該做的事情。但即便他父親不忙，也不會接過這個難堪的責任，所以雇了我。雇用一個家庭教師，這奢侈得無法想像。

現在我根本不敢盯著地面走，我不知道誰會從角落裡竄出來。我聽得到母親的指甲在地上劃出的聲音，劃過那些裂縫的聲音，像火車車輪劃過鐵軌。很久之前，我就告訴自己不能被任何事物所擊垮，只要有一瞬間的崩塌，便會迅速瓦解。

不過許多事還是無可避免的。那兩個二十歲的青年已經在廢棄的超市裡等了半天了，他們臉上掛著等得不耐煩的表情。

「你他媽的車上放的什麼？」其中一個青年瞎了一隻眼睛，雖然已經損壞了很久，但看上去仍像可以流出膿來。

他們鑽出超市，站在路邊。我也走在路邊。瞎了一隻眼的青年拿著一根貨架柄，另一個青年手裡繞著繩子，繩子的一頭拴著石頭。

「一具屍體。」我說。

「哪兒撿的？」手上繞著繩子的青年說，那塊石頭蹭著地面。

「你宰了誰呢？我猜是個女人，是吧，你怎麼捨得宰了呢？」瞎了一隻眼的青年嘲弄地說。

「我母親。」我說。有那麼一秒鐘，我看到他那隻完好的眼睛裡恍惚了一下，但瞬間消失。

「我得打開看看，如果是你妹妹或姊姊，得留給我們。」他說。繞著繩子的青年走過來，用力吸了兩口氣，他沒有聞到腐爛的味道。

「你不會想看的，我現在要去范先生那兒，我在那兒工作了一年。」我把帽子摘掉，看著他們。

「你知道，你不可能就這麼走了的。」他說。

我觀察著他們。這是我最擔心的狀況，兩個愣頭青，他們什麼都不怕。他們出生後沒多久這裡就是這樣了，所以他們除了掠奪外，不知道對待別人的其他方式。

我說：「你的眼睛是怎麼被弄的我知道，他們給你留下一隻，是為了讓你還能看得清楚點，你們可以搶走這些，但過不了一會兒，就會有人找到你們。」

瞎眼的青年舉著貨架柄朝我衝過來，在即將掄到我腦袋時，停住了，然後哈哈大笑，朝後走去。我沒動，因為我看到他在快接近我時已經收力了。

我繼續推著自行車，往前走了沒多遠，看到一個大概原來是洗車棚的地方，裡面有三個人圍著燒火，他們在烤著什麼，煙裡帶著澱粉的味道。這三個男人坐在火堆旁，看著我路過，當我走遠，他們重新交談起來。

我到了范先生的焚化廠。

我住在城市的東邊，大部分日子我都走著去焚化廠，每次行走大約十公里，沒有計算時間的工具，我感覺大約是兩個小時。我負責混合澱粉。最開始，肉的數量很多，所以我們吃到的「料塊兒」中的百分之八十都是動物蛋白和脂肪的混合物。大部分人已經猜到，而且他們猜得很對，是每天死去的那些人。現在已經有人計算出了大遷徙之後還活著的人，壽命減少一半，其實減少的年數遠遠超過這個數量，他們只計算了環境對身體造成的傷害，沒有計算環境之外的那些，比如越加緊張的生存基礎需要，匱乏的條件……現在，屍體的數量已經遠不如幾年前多，所以「料塊兒」中肉蛋白和澱粉的比例差不多一半一半，之後肉蛋白還會更少。

焚化廠是棟四層廠樓，樓後有兩米加固了鐵絲網的圍牆。兩年前，一部分人——這些人不知道從什麼途徑知道了自己吃的「料塊兒」不是豬肉和雞肉時——對焚化廠發起了暴動。他們殺了一部分臨時政府的人，把他們的四肢、生殖器、臟器都扔到鐵絲網上，至今也沒有人去取下那些玩意兒。而這些人餓了一陣子之後，又要想辦法搞鋁幣，去購買「料塊兒」。其中有極少部分人選擇結束自己的生命，然後被家人送到焚化廠。想死後不成為「料塊兒」，除非去一個三天都不會有人發現的地方。這件事在以前很困難，現在已經變得比較容易。臨時政府試圖轉變這種價值觀，試圖把「料塊兒」和當下文明結合到一起。以前他們鄙夷政府，後來這些人成立了臨時政府，雖然並沒有多少人認同，但臨時政府維持著一個低限度的供給系統，所以大部分人不再對抗。當臨時政府發展起來，所有人再一次吃到了政治循環的苦頭。臨時政府不允許他們私自淨化水源，即便大部分人並不會這麼幹，也不允許他們私自種植植物，即便能搞到可以生長的種子和適宜耕種的土壤已經非常困難。這也是為什麼我們家和鄰居關係處得很好，在十幾年前就很好，之後我們雖然不是相依為命，但也會互相幫忙。在那些吃著蔬菜的週日下午，我們會偶爾點燃油燈。我走到窗戶前，透過木板看著外面昏暗的月光下，那些細細密密的裂縫，如果下雨，會有淡淡的乳酸味道，裂縫繼續朝著地球深處生長。

我來到焚化廠後面，郭師傅給我開了門，他乾癟的眼眶永遠看不清裡面藏著什麼，他看了我的自行車後座一眼，說：「為什麼不把她的手抬起來呢？你聽不到劃地的聲音嗎？像操你自己的聲音。」

「如果不是手，就會是腳。」我說。

我的幾個同事，其中一個蹲在廠房門口。他很胖，抽著菸。以前有一種粗糙的宣紙，畫畫很難用。在菸草停止供應的三年之後，他們在紙廠找到這些廢棄的粗糙宣紙，打碎了捲成菸，味道像是在抽屎。不過這已經是很好的狀況了。我知道這種宣紙沒幾個地方有，其他區域的人可能有他們自己的辦法。

他站起來，狠嘬了一口，煙霧濃得發黃。「你要自己弄，還是我們來弄？」

「你們來吧。」我說。

「不告別嗎？」他說。

「我看著咽氣的，夠了。」

他朝裡面喊了一嗓子，我的兩個同事掀開塑料布，拖著我的母親，進了廠房。我看著他們一個人拽著她的兩條胳膊，一個人拖著她的雙腳，他們對我很好，因為通常都是用鉤子鉤著拖進去。我知道之後的所有步驟，從脫衣服開始，到之後每一個環節。我已經看過無數遍，但此時再也不想看到。我轉身離開了廠房，走到大門口。

我問郭師傅：「范先生在哪兒？」

「不用找他，也能領到東西。」

「是別的事情。」

「在他最喜歡待的地方。」

我離開工廠。我不急著帶走母親所換得的一個月口糧，只想離焚化廠遠一點，在我動念去拉莫之後，這會是我最後一次來這兒。

在范先生最喜歡去的地方，有的女人沒有被鐵鏈拴著，我不知道她們付出了什麼才得到這種待遇。在超市門口，我給他們看了我的證件，證件上只有我的手印和焚化廠的方章。之所以小心翼翼，是因為這張證可以被任何人拿走，沒人真的去核對那些手印，照片在六年前就絕跡了。沿著樓梯，我來到了二樓的旅館，這裡原來也是快捷酒店。這差不多是整個區域人口最密集的地方。

范先生坐在房間門口的一把塑料椅子上。

「我他媽不知道還要等這麼久。」他看到我來了，對我說。裡面傳出一些聲音。整個走廊有十幾間房間，再上一層還有十幾間，總共有三層，最下面的超市可以喝到酒。

「我的母親死了。」我說。

他晃了　下腦袋。范先生有五十歲，他戴著一頂破了洞的鴨舌帽。「節哀順變。」

「謝謝你。」

「你來這裡是要慰問自己一下嗎？」他捶了一下牆，估計是想催裡面的人快一點。在遠處，還有幾個人也坐在這種椅子上。裡面傳出來的，是鐵鏈晃動的聲音，這一層的女人是鎖在鐵鏈裡的。

「我打算去拉莫。」我說。

范先生看著地面，他緊握的拳頭重新放回到大腿上。

「你會死在路上，可能第三天就會。」他想了一會兒說。

「我已經做好打算了。」我從背包裡掏出紙卷，裡面有兩張我在半年前畫的畫，其中一張是鄰居的女兒坐在窗前看著外面裂縫的肖像。其實她從來不看窗外，她從來都不敢出門，所以根本不會去看窗外。外面對於她只意味著危險、恐懼。那張靜物也是，我給靜物全部添上裂縫，看起來所有事物即將坍塌。范先生打開畫，他掃了眼靜物，然後盯著肖像看了一會兒，他說：「知道我什麼感覺嗎？臭不可聞，這張畫臭不可聞。」

「無所謂，我已經很少再畫了。」

「但它還是有用，你想換點什麼？酒？」

「我送給你，我可能到不了那兒，就會死在路上。」

「你當然可以送給我，但你心裡沒覺得，你做出這樣一副樣子，我可能會給你更多東西呢？你有這麼想過吧？」他微笑著。

「對，最好給我幾顆炸彈。」

「由炸彈而起，由炸彈而終，行了，你真的要走？」

「我一直想走，但要照顧我的母親。」

「那你坐在這兒，等我會兒，我不想白等這麼久。」他移了移肥胖的屁股，給我騰出椅子的一塊兒空間，我坐了上去。

時不時有人會走上來。有人拿著號牌，坐在房間門口等著。也有人走出來，伴隨著靜謐，或者房間裡傳出鐵鏈晃動的聲音。

「路上你會遇到很多東西，每一個都會要了你的命。即便沒人對付你，你也不可能到那兒，這中間可沒有焚化廠給你吃的。人們罵政府罵了幾千年，但你看到了，人就是這樣，要有比他們自身更糟的東西在上方控制著他們，才能不處於瀕死狀態。」

「我還可以再活十五年，最後的兩年會很難熬，我已經見識過我母親是怎麼回事了。她才五十三歲，比一截埋在土裡的木頭還要衰老。比如我最後躺在地板上，沒有人可以聽我講完最後幾句話，這又是那個從降生開始就產生質疑的問題了。」

「反正無論你走多遠，我都不會再知道了，我姑且當你可以到那兒吧。」

門開了，一個男人走出來。他手上沾著血，臉上冒著虛汗，當他看見我們，便朝樓梯走去。范先生站了起來，疾走兩步，拎著那個男人的脖子。「你他媽幹麼了？」

「知道我是誰嗎？」

「你是條蛆，你他媽幹什麼了？」范先生的嗓門很大，整個樓道都是他粗獷的回聲。

「她咬了我。」那個男人被嚇住了。

范先生拎著他，一把推開門，那個男人說：「看見了嗎？她咬了我，我沒怎麼著，鬆手！」

男人跑出去，跌跌撞撞，他站在拐角口，說：「我記住你了。」

「每個人都記得住我。」范先生說。

男人走後，范先生站在房間門口，對我說：「我只是不想白等。你呢，可以去拿個號牌，我給你付錢。一個死了母親的人坐在這裡等著我，我還是頭一次碰到。」

「不用管我，我就在這裡等著。」

范先生關上了門，門闔上時帶出來一股不太好的味道。

沒有了門的阻擋，那些鐵鏈碰撞的聲音更為清晰。

有一種叫做塌陷的感受，幾乎每次入睡時都會溢出來，最開始是胸腔，然後是腹部、膝蓋，向上抵達脊椎、鼻腔，向下抵達生殖器，最後是四肢的末端，全部塌陷，然後進入睡眠。等清醒時，身體重新組合，但永遠不會再完整，每天都丟失一塊兒，不知道哪一塊兒消失於虛空，一點一點。

玉米和土豆是主要的澱粉來源，它們在地上有種植棚，周圍豎著兩米以上的圍牆。這些土壤非常珍貴，因為除了臨時政府控制的土壤外，其他土地要麼無法生長作物，要麼就長出一些扭曲變形的鬼東西。我不知道鄰居用了什麼方法，他們有一立方米的乾淨土壤，這一立方米幫助我們度過了很多年。然後他們來了，帶走了蔬菜，用袋子裝走了土壤，打死了父親，留下母親，帶走了女兒。現在那個女兒就在我對面的屋子裡，一個混蛋推開門走了出來，他的腰帶爛得快斷掉了，我看到鄰居的女兒坐在對面昏暗的屋子裡，她腳上套著鎖鏈，另一端不知道拴在哪兒。她看著我，她的顴骨泛著青色，她想找塊布遮蓋下自己，但沒有。這是她在這幾年中第一次離開她的家，她只是看著我，並不奢望我做什麼。我什麼打算也沒有。我想帶著她一起逃走，但只要在路上被人發現，她的狀況不會比現在好。

「幫我把門關上。」她說。這是她跟我說的最後一句話。

我走上去，關上了門，那聲音跟我母親的指甲劃在地面上一模一樣。

不知道我在這段空白裡坐了多久，范先生推開門出來，我跟在他身後，沿著走廊離開，其間我回頭看了一眼那間屋子。

「我幾年前聽說的，最後的那艘在拉莫，你是因為這個才去的？」范先生在他自己的住處，坐在沙發上說道。他的肚子經過這麼些年也沒有萎縮，起碼在我來工作的這一年多時間裡沒有，似乎還膨脹了點。

「你相信拯救嗎？」我說。

「拯救誰？我現在覺得臨時政府在拯救所有人，但這些蛆蟲還不知道。在任何一個地方，知道嗎？任何一個地方，任何的時段，不論是現在，還是二十年前，還是兩百年前，都得讓大部分人不知道他們要幹什麼。現在狀況是這樣，本來都該死在水溝裡，是我們拯救了所有人，我們既然拯救了所有人，難道不該享受點福利嗎？」雖然范先生並不知道我在問什麼，但他繼續說著他的看法，這套看法我已經聽過上百遍了。許多人在重複描述他們看法的時候自己是否知道？而當我重複講述同一個事物，哪怕面對不同的人，那個重複的字眼一開始我就會打住。

「一開始，我們享受一點福利，但沒有什麼事情是固定的，要麼就他媽更大一點，要麼就他媽更小一點，反正不能原地不動。但即便我們現在享受得再多，也比不上十幾年前的任何一個狗崽子，那時候狗崽子們什麼也不知道，我在那個歲數也什麼都不知道，什麼也不去想。所以我要跟你說什麼呢？你能在這裡，有這麼一份工作，已經比大部分人要好了。想要的太多，起碼現在，你想要的越多，就會死得越快。你該聽我的，給你母親摺幾朵紙花，再去咱們剛來的地方，找個女人睡一覺，之後繼續和你的澱粉。你多偷幾個土豆大家也都裝作不知道，這有什麼不好呢？」范先生擺弄著手裡的一個菸斗，那個菸斗光亮得像一塊冰。

「這沒什麼不好，其實已經是我能遇到的最好狀況了。但我的母親去世了，有些任務已經完成，我得為自己做點什麼了。」我坐在沙發的另一端，即便是范先生，也不會在屋子裡隨意點開油燈。

「你什麼都做不了，還不如繼續回到你的屋子裡，畫點畫兒，用畫換點東西，給自己換雙鞋，總有人需要畫的。有些人餓死都摟著那些破照片。」

「我羨慕很多人，我的同事，還有剛才那個手腕被咬傷的人。其實我從來沒有真的接受這一切，這讓我很痛苦，幾乎每天都是，此前我需要照顧母親，她死後，這些不可忍受的東西才浮現出來。」

范先生笑起來，他說：「你描述的那些人，他們早就死了，你還活在這裡，就該少琢磨些，對自己好點，少想些事情，投入到每一刻裡，不要想別的。」

我在范先生那兒坐到了接近傍晚，我必須要走了，天黑以後出現在室外是要命的事情。

范先生最後跟我進行著告別。

「你去拿報酬，我不會多給你一點的，我不支持你這樣做。」他說。

「你支持不支持，我都不會奢望從你這裡多獲得什麼。」

「那就這樣吧。」他坐在沙發上看著我。

我立即走了。其實我從頭到尾都清楚范先生是怎麼回事，但他不會以為我真的只是想跟他告別而已。

在回去的路上，我走得很快，但總是想起鄰居的女兒被鎖在旅館二樓的那間屋子裡，我走過去，關上了門。幾年前，我會覺得自己能保護這個女人，後來孩子和女人消失得比野貓野狗還快。身邊有一個年輕女性，等於把自己置於黑夜中。父親告訴過我，「做沒把握的事情，會連累他人。」

父親在受了那次傷害以後，知道自己沒法再堅持多久。有一段時間他每日出門，會把自己留存的皮革製品一件件帶出去。在外面被人看到時，沒人會想到這個像團爛報紙一樣的老頭身上會藏著什麼，他用所有的皮革去換了張「淨染地圖」。

「淨染地圖」標示了汙染最嚴重的地區，在這些區域之間有些過渡地帶，這張地圖可以幫我找到一條相對而言汙染較少的線路。這份地圖最初有很多，在頭一兩年，許多人想辦法用它來抵達拉莫。拉莫在高海拔地區，那塊高原只有西北角受到戰爭的波及，另外的區域沒有受到影響，大氣流通被山壁阻擋。這些只是據說，於是很多人開始上路，他們中有一半以上的人拿著假地圖，不知道通向什麼地方。這裡面有非常高的利潤。曾有人介紹我去畫假地圖，一開始他們不會說這是假地圖，我沒去做的原因是那陣子手部受了傷。在那一兩年之後，去拉莫的人突然之間就絕跡了，甚至沒人再提起那個地方。據范先生所說，沿途有很多據點和城鎮，通常買通兩個據點以後，便會什麼都沒有，絕大部分人無法通過那些城鎮便會被送去焚化廠。大遷徙之後半年，舊的貨幣已經沒有任何用處，由臨時政府製造「料塊兒」，「料塊兒」在一定程度上充當了貨幣。他們又開始製造一種鋁幣，企圖重新進入流通，但實際上臨時政府只是一套一部分人認同的暫時規則。貨幣，以及其他，都沒有實際價值。

沒有任何東西有實際價值。

各區域間的臨時政府規定了「料塊兒」的流通，也僅限於沿海地帶。一開始，倖存的人都來到了沿海城鎮，後來的幾年間，才陸續返回這些重汙染之下的內陸地帶。在雨季時的沿海城鎮，生存會非常困難。

我準備了三把刀，有兩把放在身上，一把放在馱包中。在前支撐杆我捆上了一把斧子，食物我全部背在身上，馱包的一側我放了三個過濾器，多少會有些用。很久以前我在六樓的一戶人家中搜到了睡袋，一些嬰兒用品，還有狗糧。那兩袋狗糧，救了我們一家人的命。後來這個城市陸續有人死去，陸續有新的人到來。

第二天出發前，我找到家裡所有的布和紙張，把屋子裡能蓋住的地方全部蓋起來。我不知道這棟樓過多久會塌陷。如果運氣好的話，這間屋子在塌陷以前不會有人進來。這棟樓已經被搜刮過不知道多少遍，現在連一個釘子都很難找到。我關上房門，鄰居家已經沒有任何聲音。我不知道那個年邁的女人去了哪兒，身邊的人一個接一個地消失，最好認為他們都踏上了去拉莫的路途，而不要被自己吞咽進肚子裡，這些壓抑的情緒會腐蝕一切。

在清晨，我出了城，運氣很好，沒有遇到一個人。我上了高速公路，所有的高架橋都已毀壞，但斷續的，會有某段公路可以通行。我回頭望去，在一大片厚重又壓抑的顏色裡，根本不會想著這其中會住著什麼人，龜裂的樓層像是從上空的灰暗中滴落下來。這十年間，有一次我想帶著家人去離海更近的地方，那是我唯一一次走出城。我們躲在路邊，看到他們運送著軍人的屍體。那些來自地下的屍體堆放在板車上。整條公路淌著從他們的額頭、手指，或軀體的某一部分流下的發黑的血，越來越濃稠，血跡越來越纖細，許多人死亡後溢出的液體混合出一種汙濁的顏色，那團複雜的臭味像是從淤泥裡挖出的幾十年前的某種潮濕的東西。他們正運向城外的南焚化爐。我的父親趴在地上，下巴上沾滿灰塵。他出生於一九七〇年，他年輕時所接觸的一切關於未日的想像都如同童話。人們在那個年代幻想著一切，在幻想中解決著當下的不可忍受。而當下的脆弱遠遠超乎想像。我們慶幸沒有被發現。回到家中，他不再動任何念想。後來他總結他的一生：「人們最先拋棄道德，接著是情感，最後是信仰，剩下廢墟般的軀殼。」

我從來都不同意他所說的這句話。這個民族早在大遷徙之前就已經拋棄了道德，信仰更無從談起。如果還能找到報紙的話，在那些破損的門板、坍塌的房屋下會有一些，上面記載了十幾年前的事情。區別只是當時有另一套法則，虛偽而安逸。這些赤裸和潰爛的東西在某個時代可以被覆蓋，現在卻不可以。那些聰明人，從古至今追求著智慧的人，他們令文明得到進化，逐利使文明擴張，擴張代表著侵蝕、封鎖、屠殺，然而仍有奔向智慧的人，一切糟糕的結果由他們而起，他們進化著文明的同時，讓更野蠻的力量得以無限擴張。這從來都不是雙刃劍，一直都是通向此刻的必然。

遠離城區以後，在下一個據點之前，這段路程中大概不會再遇到其他人。我騎上車，車胎早就經過改造，纏了三條橡膠內胎在裡面，沒有空氣。

在離開城區大約二十公里的地方，我遇到了一隻狗。一隻不胖也不瘦的狗，黑色的，頸部有些白色雜毛，看不出來是什麼狗的雜交品種。我已經很多年沒見過狗。除了一些蟲子，任何有體溫的動物都見不到，在這個人類所主宰的世界上，只有幾種蟲子可以活下來。牠在前面二百米左右開始觀察我，在我路過時，牠仍一動不動地看著我，也許牠在幾公里外就發現了我。

我不會給牠食物，我能做的好事就是不宰了牠。不這樣做並非出於我的善心，而是我不知道吃了牠會怎樣，如果在行程一開始，身體就受到什麼損害，那我必須立即掉頭回去，范先生不會給我留工作的位置。我想繼續留在焚化廠工作，需要給他很多東西，但我已經沒有什麼了。

牠跟在我的車後，距離十幾米。我又騎行了一公里，牠一直跟我保持著這個距離。四周靜悄悄的，我把車停下來放在路邊，找了根不會斷裂的欄杆坐了下來。牠也停下來，蹲在一塊拱起的瀝青水泥塊上，牠看著路的另一側，那有成片的黯淡的植物。我想著，牠也許能像隻野狗，抓到一些爬行的動物，但不知道牠會怎樣度過冬天。

牠不能再繼續跟著我，前面三十公里是第一個據點，在那兒，沒人會管這是不是我的狗。

「你該走了，不能跟著我。」我說。我知道牠聽得懂。

我休息了十分鐘，搬著自行車跨過一條半米寬的溝壑，向前推了幾步。牠跳過溝壑，繼續跟在後面。我能聽到牠的腳步聲，肉墊的聲音，一種有溫度的聲音，這能讓我好受點。

十一年前，我最後一次見到那個朋友，他是全息攝影師，全息攝影的表現力侷限在空間的限制上，但消除了與觀者的距離感。我們做著完全相反的事情，我在用一種已經存在幾千年的古老方式，除此之外做不了別的，我不喜歡全息攝影，這裡面沒有時空，它無法將永恆的情感記載下來，有時候還有種很滑稽的效果。他跟他的女朋友養了一隻狗，那個傍晚我們在樓下的噴泉旁坐了會兒，他的狗在周圍跑來跑去，我詢問他關於養一隻狗有多麻煩的問題，他說會讓生活變得更好，更有規律，所謂的麻煩，最終都會讓你變得更好。之後我到了他們家，他給我放他的作品，但那些空間實在太假了，甚至無法真實傳達一隻煩人的狗如何從身邊走過。我在他家裡吃了兩個橘子，那味道我現在還記得。那隻狗之後怎麼樣我不知道。大遷徙之前我就已經回到沿海的家，我做的很多事情都不被認可，同時被女人拋棄，回到家也不知道可以重新面對什麼。我從來沒有勇氣養一隻狗，規律生活。在這幾年我才開始規律生活，走每一條街道都小心翼翼，天黑以後不能在房間裡點油燈，不能發出任何聲音。那些漫長的冬夜，有時我想要是有一隻煩人的狗在身邊可能會好一些，最好還能有幾個橘子吃。這種水果在剝開皮的瞬間，散發出的那股氣味，令人感到會有好事情發生。

在接近據點時，我找了塊石頭，朝著這隻狗扔過去。牠一動不動。我想了一個辦法，在我能看到據點時，我會想辦法趕走牠。

這段高速公路有一段徹底不能行駛，地面碎裂如同被凍結的海浪。我只能推著車到旁邊的土路上。秋天，植物開始泛黃，這些野性的植物的體積出奇的大，質地比我印象中要硬一些。狗逐漸縮短了和我之間的距離，牠確定我不會傷害牠。

第二次休息時，牠趴在離我很近的位置。我脫下父親留給我的皮革手套，毛糙的針線上滿是劃痕。我拒絕畫假地圖的工作，是因為一個男人用帶釘子的木棍襲擊我，我用手擋，釘子沿著手掌邊緣一直劃到腕骨，留下一條十公分的傷口，因為沒有縫合，傷口現在看起來很誇張。我伸出這隻手，靠近牠，牠沒有躲閃，我撫摸著牠的腦袋。牠繼續瞇著眼睛看著那些顏色黯淡的植物。此刻碰到有體溫的生物，我覺得燙手，即便那溫度並不高。我已經忘記了上次與人肢體接觸是什麼時候。

我收回手，牠晃了下腦袋。我喝了口帶點石灰味道的水。這一路我沒有看到水源，我帶了六升水，可以維持一週，甚至更久。

土路延續了幾公里。這段消耗的體力很大。我重新看到一段沒太大問題的公路，便推著車上去。牠踩著幾塊石頭，先於我跳到了公路上。牠站在傾斜的地面上，看起來很矯健，腿部的傷口已經癒合很久了，四周是一圈裸露的暗色皮膚。

我很欣慰。

再一次下高速公路，已經能看到不遠處的據點。我打開地圖確認，原以為會是一個鎮子，但只是幾棟建築物，應該是以前的休息站，只是規模更大一些。

最高那棟樓有三層，我繞到樓後面，把自行車放倒，並躲在一個土丘後。我觀察了有半小時。這半小時，那隻狗不在周圍，牠可能找到了更好的地方，或者已經走了。這幾棟建築物裡沒有任何人存在的跡象，確認了這一點後，我推著自行車來到樓前的空地上。雨水腐蝕的痕跡佈滿整個樓體，玻璃殘渣稀疏地散落開。我走進其中一棟，大概最近幾年間都沒有人來過這裡了，牆角有些硬化的塑料袋。風吹來了很多東西，一旦進了這間屋子以後，就堆在牆角，再也不會移動。

牠跟了進來，我聽到腳步聲。

我把整棟樓都排查了一遍，在二樓有被燒過的家具和衣服。三樓有一具屍體，屍體上沒有任何東西。距離屍體不遠處是一個破碎的酒瓶子，幾乎被塵埃覆住。一截不到三十公分長的骨頭。牆上有些字，應該是用骨頭刻上去的。

「我們無法觸碰，亦不可調和。」

以前我喜歡想像這些遺落之物上發生過什麼，但現在不會了。我與它們的距離沒有那麼遠，至少不是一個需要想像才能理解的範疇，這之間有時只需要一秒鐘，或者一個念頭，我們就會變成一樣的東西，堆砌於此。

狗對這具屍體一點也不好奇。牠沒有接近，甚至看也不看一眼。我最後決定在二樓靠近樓梯口的房間過夜，這樣如果發生什麼狀況，可以及時發現，從另一側的窗戶逃跑。房間的門早已被劈碎燒掉。冬天路過這裡的人們會劈碎一扇門用來取暖，如果有人來搶這扇門，那麼大家就都會死在火堆旁。這就是恆久不變的規律，正確且唯一的規律。如果有人覺得這很可笑，說明他還沒有洞悉自己身上的祕密，或者被某種遮羞布的體系掩蓋著。

我吃了三分之一的「料塊兒」。狗看著我，我掰了一點給牠。牠吃了。

室外逐漸灰暗下來，周圍寂靜又深沉。最好什麼都不要發生，我撐開睡袋，鑽了進去。我總是入睡困難，以前我藉著畫畫來幫助自己入睡。當注意力極度集中一段時間以後，那陣疲勞可以幫助我入睡。狗趴在房間門口，牠幾乎陪伴了我一整天。我想，如果一路都有牠在旁邊也很好，我大概有辦法可以帶著牠度過據點和城鎮，把牠藏進馱包一側，再把睡袋拴在背包上，總會有辦法的。

凌晨或者更晚時，牠終於按捺不住，咬向了我的喉嚨。

「上一代人總是會不遺餘力地壓制下一代，這與進化的意志相反。」在我吃著橘子的那個夜晚，我的朋友說。他的女朋友坐在一側，腿放在他手腕上。

「你被壓制什麼了？」我說。

「我被剝奪了很多，也對抗不了，他們扣押了我所有的版權。就像現在，我把這些稱作邪惡，但可能二十年後，我也會這麼幹。我剝奪年輕人，壓制他們，利用他們，可能只是因為他們擁有的東西令我心煩。」他揉著那個女人的腳，我能看出這中間有種色情的意味，情侶喜歡在公開場合以不起眼的方式調情，這種色情使他們有樂趣。如果沒有旁觀者，充斥在這裡的就只剩下乏味。

「我能理解你，就你所說的這種邪惡，人們會在不同的年齡以不同的方式發作出來。」我說。

「童年時是什麼？」他說。

「殺戮。」

「殺戮？」他的女朋友抽回了腳。

「我總覺得，雖然所有階段都會產生殺戮，但殺戮始於童年，你身邊更為強大的個體告訴你殺戮是可怕的。某個兒童敲死一片螞蟻，這被認為是不好的。但這個『不好』，只是因為你屈服於周圍的強大，畢竟那段日子，你沒有選擇任何事物的權利。」

「所以呢？」朋友說。

「所以殺戮被掩埋住，在一些年代以別的方式發洩出來。像你所說的，在一些年代你被剝奪了，在另一些年代以最直接的殺戮呈現。」

「哈哈，那青年呢？」女人問。

「侵占。」

「我沒覺得自己在侵占什麼啊。」朋友說。

「讓自己覆蓋更多的事物，侵占所有可以看得到的。我仔細想想，我覺得這個民族的自負跟這個有關係。這個民族，還停留在青年人的階段，也就是一個侵占的時期，必然會認為自己無所不能。」

「那中年呢？」

「我還不知道，但我觀察到，中年已經開始向毀滅過渡了，不計任何後果地令世界醜陋下去。」

「你這樣看待周遭，因此活得糟糕透頂。」朋友說。

「我無論怎麼看待，這都是註定的。你能想像十幾年之後的樣子嗎？我們還能坐在這裡，你遞給我兩個橘子，你虛偽地跟我說起這漫長的友誼，你講起我們過去那看起來好玩的事情。但到了某些情況下，即便是很脆弱的情況，我認為所有人也會毫不猶豫地獲得那個強大的本能。」

「十幾年後，我們已經結婚很多年，有了兩個孩子，會告誡他們不要變成你這樣。」女人笑著說。

他們的狗過來咬著我的拖鞋。

在廢棄的休息站二樓，我很慶幸自己帶的是睡袋。現在已經很難搞到這東西了。睡袋給我的頸部留了點空隙，雖然牠的牙齒已經刺入皮膚，但不至於把我的氣管封住。牠觀察了一路，知道我很虛弱，我只有一百多斤，瘦得像吸管。

我從大腿上拔出匕首，劃傷了牠肩胛附近的肌肉，牠更用力地咬緊我的咽喉，我有一點窒息的感覺，睡袋的作用比我想像的人，我的第二刀不知道扎到哪兒了，牠跑開了。

牠看著我，牙齒上沾著血，既不猙獰，也沒有嘶吼，像望著那片黯淡的植物一般看著我。我沒有再去嘗試攻擊牠。接著牠離開了，地上留下夾血的梅花腳印。

我聽著牠的動靜，擔心牠會叼走我的馱包，但以牠的力量應該做不到。

我很難在這個地方繼續睡下去。於是我收拾好睡袋來到一樓。周圍一片黑暗，僅有的一點視線只能分清建築大致的輪廓，沒有聲響，牠一定已經跑出去很遠了。如果牠襲擊的是比我更虛弱的人，或者是沒有睡袋的我，那麼在恍惚到清醒的那一分鐘裡，我應該已經窒息而死。我從門的一側推起自行車，路面看不清楚。不可能趕夜路。我換了一棟樓，在另一棟只有兩層的樓房裡，我從馱包裡拿出油燈，夜晚點油燈是很危險的事情，這些光亮在幾公里外都能看得到，不過已經顧不上了。我巡視了一遍整個一層的房間，這棟樓沒有被完全焚燒。

其中一個房間裡有貨架和只剩骨架的沙發，我把自行車推了進來，用沙發和貨架堵住了門。正對著門的牆壁，在不到兩米高的位置上有扇窗戶，只剩下魚刺般的玻璃。我靠在牆上，經受不住困倦，睡過去了。

也許只過了一小時，或者兩小時，我聽到了有東西摩擦的聲音。

踩著自行車，我從窗戶向外看，雖然很朦朧，但還是可以感覺到，牠們的數量在五六隻以上。

只有兩隻顏色比較淺的狗可以完全看清。牠們在我之前滯留的那棟樓裡，窗戶偶爾會有白色的影子晃過，牠們會不會以為我已經走了。窗臺上灰塵的味道很重。若現在離開會被發現，等在這裡也會有被發現的可能。

但我忽略了狗這種動物，牠們找到我只用了幾分鐘。我聽到在房門前的走動聲，後來又陸續過來幾隻狗，牠們用爪子扒著沙發，嘗試從空隙裡鑽進來，貨架有點鬆動，我走到門口，聽著五六隻狗喘息的聲音，牠們一聲都沒叫。

我抵著貨架，把沙發骨架向門框推了推，如果這個骨架歪倒，牠們便會全部進來，我知道牠們一定不緊不慢地走進來。屋子並不大，如果牠們進得來，什麼都可以做到。

在疲倦中，我時而聽到一些細碎的聲音，更多的是呼吸聲，我不能離開這個貨架。兩隻，最多三隻狗一起撲向沙發，這個沙發骨架便會倒向屋內。隨著天亮，窗戶透進來乾硬冰冷的光線，我只覺得更疲倦。

牠們分批次，每隔一會兒就會頂撞沙發或者貨架，我從昏沉中一次次醒過來，從一個噩夢被拽到另一個噩夢。我不能離開這個位置去取水和「料塊兒」，這風險太大。同時，我很後悔把自行車挪到正對著門的窗戶下。剛進這間屋子時，自行車停在我旁邊的位置。當時我應該考慮得更清楚些，無論我從窗戶裡觀察到什麼，該來的總會來，如果什麼都沒有發生，天亮後我自然可以安全離開。找這種無意義的藉口，也許只是讓自己覺得原本還有存活的可能。

汗水沖淡了我脖子上的血跡，那四個小孔已經被凝固的血液堵住，每當牠們撞擊沙發，就會有腫脹的疼痛感隨著震動傳來。

還能堅持多久呢？

牠們在城市被屠殺，驅趕到二十公里以外。也許每次成功的捕獵都會有復仇的快感。愚笨是因為安逸，危險一層層剝開牠們作為人類陪伴的表象，雙方都回到了原本的樣貌。若我此刻想再馴化這樣一隻狗，唯一的可能性是長時間的供養，即便如此，也無法互相信任，因為此時，想到再這樣飢餓兩天，我必然不會再考慮這些狗的肉會不會讓自己生病的問題。

到了中午，我已經習慣牠們每隔半小時撞擊沙發的頻率。我一直看著那扇窗戶，這能讓人輕鬆點，雖然什麼都沒有。

從那扇灰茫的窗戶裡，我可以看到自己最後因虛弱而歪倒，沙發骨架砸下來，牠們不急不躁地把我從下面拖出來，還有那隻被我撫摸過的狗，牠會從自行車下的背包裡叼出所有「料塊兒」。

如果能最後留下點什麼，我想還是該畫一張畫。我會畫一棵樹，在廣袤的廢墟上，一棵樹會是我所尋找到的答案，同時我不會再看到任何恐懼。

第一次聽到巴哈的受難曲，是在畫室裡，有人在放一部電影。那就像一種無休止的、類似於宇宙中存在的聲響，可以看到無數重重疊疊的人群奔向某種東西，那段旋律所陳述的，苦難並不是永恆。當一個個體尋找到救贖，除了被抹殺外別無他法。一片白茫茫的雪地，某種渾厚的聲音，彷彿全部來自大地之外。

到了晚上，我已經坐在這裡超過二十個小時，我想聽到巴哈，可以在倒向地面時不擊起巨量的灰塵。呼吸灰塵總讓人覺得像把某種固體吸進身體裡，一塊抹布，一個髒盤子。

在這種對峙中，我覺得血液在一點點被抽盡，又不可預料到終點。此前，即便在和平年代裡，我的生存感受也並不好，所以死在第一個據點是個可以推斷出來的結局。但我不得不承認，自己已經屬於幸運的人，那個倒在二樓，只剩下碎酒瓶的人也肯定這麼想，其他所有能看到他遺留下的那一堆黑灰玩意兒的人，都是幸運的人。我終於有興趣去想一想他發生過什麼了，他吃了他老婆，或者他和他們一起吃了他老婆，他用那截大腿骨寫了牆上的字，概括了他們失敗的關係，「我們無法觸碰，亦不可調和。」也可能他只是死在那裡的一個人，某個認識他的人，湊巧在這裡認出了他。赤身裸體，被搜刮得不剩一張衛生紙，不知道通過什麼特徵認出了他，同樣寫上了那句話。又或者，那句話一直都在那兒，他跟我一樣想去拉莫，他生病了，或許被襲擊了，逃到那棟樓的二層，看到那句話時，沒有力氣再離開這裡。

從一開始，那句話就令我傷感，這其中的「我們」，未必是同某人的關係。我們，與什麼事物調和過呢？我抬起自己的手，看著那條漸變如山脊的傷痕，上面沾滿了塵土，我與自身的傷口都無法調和。

恍惚間，我感到可能又錯過了什麼，其實應該在早上，體力尚存的時候，拿起車上的斧子，有一定概率能夠逃出這裡，但現在已經不可能了。

我不知道自己在這二十多個小時裡等待著什麼。

那一年冬天，差不多在快要下雪的時候，我去尋找過冬的衣服。大遷徙的開始，所有人並不知道發生了什麼，只是猜測。所有的通信設備在兩天內陸續失效，從零星的通信溝通中，我們知道外面發生了巨大的變動，這座靠近海洋但又不是沿海的城市，在一週內陸續湧進來很多人，他們一開始住旅館，隨著電力系統的中斷，外來的人越來越多，他們開始住進別人家裡。不知道從什麼時候開始，去一戶人家裡，在一天內清理掉原來這間房子裡的所有人，成了某種約定俗成的規則。人們最初不知道屍體的寶貴，處理方式是扔到大街上，或者先存到冰箱裡。由於我從來不信任任何人，所以拒絕一切陌生人的求助，同時警告鄰居們，使我們免遭屠殺。但陸續湧來的人並沒有活得更久，他們的身體在接下來的一段時間裡變得慘不忍睹。一個月以後，臨時政府成立，由本地人發起，他們以外來人口清理本地人口相同的方式清理掉那些外來人。我們一家人沒有出過門。自來水斷供是之後的事情。我們躲藏在家裡，這中間，臨時政府的人在一個夜晚破門而入，拿走所有衣服和食物，在臨時政府清理的期間，他們通常不會說什麼，我也沒有反抗，反抗的後果我聽到過。那陣子，在我摸清發生了什麼以後，每天夜晚，我都會溜到樓上，挨家挨戶地搜刮東西。我找回來很多東西，兩大袋狗糧，藏在門口一個不起眼的紙箱子裡。我分給鄰居半袋，即便我知道這根本不夠，但不可能給予他們更多。半個月過去之後，臨時政府開始清理街上的屍體，我混進他們的隊伍，作為本地人這並不難，我替他們工作了一段時間，認識了范先生，他原來是工商所的一個頭兒，因為他有收藏畫的愛好，雖然他收藏的畫作都與我無關，但我還是得到不少便宜。到了秋天，陸續有人成群地湧來，以及人們成群地離開，去往真正的沿海城市，或者到別的地方。那時大家並不知道拉莫。冬天，我去尋找過冬的衣服，商店早已只剩下貨架，之後貨架也被拆走。我在一個地下車庫，用撬棍打開一些車的後備廂，但大都是空的。那天夜晚，我看到一輛小車，玻璃和門早已損壞，在最後面，車座的空隙下有一個收納箱，它的顏色跟車座的顏色相差無幾，不易分辨出來，我打開，裡面是我想找的棉衣。在我拿著棉衣要走的時候，那個十六七歲的男孩，我以為他只是跟我一起尋找東西，在他接近我的時候，我才發現他背後藏著一根帶釘子的木棍。他迅速朝著我掄下來，我用左手擋著，同時，條件反射般，撬棍砸到他的腦袋上。我的手掌被劃開看得到骨頭的傷口，他用的則是可以砸進我腦袋裡的力量。接著，我拿著撬棍，瘋狂地，一下一下敲擊他的頭蓋骨，直到他的眼窩和太陽穴像一片摔爛的西瓜。當他不再呼吸時，我才察覺到自己做了什麼，這一切如此自然，我自然地舉起撬棍，自然地揮舞上去，自然地擊打了六下，在他死亡後才意識到發生了什麼。這一切都太自然了。我帶著棉衣回到家裡。我的父親躺在床板上，在冰冷的房子裡，潮濕的光線中，母親裹著窗簾，坐在那兒。

走廊裡冒出油燈的光，傳來重重的腳步聲，我第一次聽到這些狗叫了起來。原來牠們並非是啞的，只是面對比牠們更強大的生命時才狂吠。但如果來的是某個人，對我而言這差不多是最糟糕的狀況了。

在低吼和嘶叫中，我回頭看去，狗朝走廊的另一端跑去，我看不到。我趕緊攀爬著拿到背包裡的水，喝了幾大口。接著我重新坐回地上，迎接到來的這個傢伙，不知道他是拿著斧子，還是一把槍。

他大概傷了其中兩隻狗。牠們一起離開了，我可以從頭頂上方的窗戶聽到狗群奔跑。

這個男人站在外面，透過貨架看到了我，他身上帶的武器碰到貨架，發出金屬碰撞的清脆聲音，走廊上響起了風鈴般的回聲。

「我以為是一個死人。」他說。

「那牠們就不用守在這兒了。」我說。

他踹倒了貨架，我動了去取斧子的念頭，看到他那把長矛，我便不再動，繼續喝了口水。

「能站起來？」

「大概可以。」

我扶著地面，嘗試站起來，雙腿在用力後開始劇烈顫抖，一直抖動了兩分鐘後才有所緩和，他已經離開了這間房的門口。貨架移開的寬度僅夠我鑽出去。

「得幫我推開沙發，我有一輛自行車。」我朝走廊喊。

「我已經幫你很多了。」夾著回聲的答覆。

「我推不開，也出不去。」

「那就待在這兒。」

拖著雙腿，我伸手碰到沙發骨架的最高處，向一側推過去。聲音巨大，腳下傳來震動。此前的兩天，周遭一直死寂，這聲巨響後，我的身體似乎不那麼僵硬了。

看來我可以繼續前行，但現在仍是黑夜，我摸出「料塊兒」，吃了一大半。他坐在外面的窗臺上，腳下全是碎玻璃。

「我以為自己會死。」我說。

「可能你已經死了呢。」他說。

「很可怕，我得想些別的事情才能忘了自己在這裡。」

他看著我，同時朝我走來。「一定發生過更可怕的事情，只是你想不起來了，現在還能說話的人都見到過比幾隻狗要咬死一個人可怕得多的事情。」他說完朝一側走去。

「去哪兒呢？」我說。

好像對著虛空說話一樣。

我跟著他，繞著房子走了一大圈。他渾身上下的衣服都看不出原來的樣子，褲腳像兩個懸於地面的拖把，由於天黑，我看不清他的外貌，似乎要比我高一些。他提著一把自製矛，背著一個掛著金屬碎片的旅行箱。

「去哪兒？」我又問了一遍。因為看不清路面，推著自行車很費勁，有時會被石頭絆倒。

「你可以走，要不就別說話。」他聲音低沉，像含著一口泥漿。

他跟我幾乎是並排著走，如果我慢下來，他就停兩步，總之我得在他感知範圍內。

到了這個休息站後面，也就是在我最初趴著的方位可以看到的地方，沿著牆壁，他掀開一塊木板，鑽了進去，我猶豫要不要進去。

「我會煮了你，我有各種調料。」他在完全的黑暗中說。

我把自行車放在牆角，進去了。他抓著木板的一個金屬把手，重新把洞穴蓋好。

他點燃了油燈，坐在一塊石頭上，肩膀夾著長矛，矛的一端捆著一塊汽車上拆下來的金屬硬片，打磨得很鋒利，沾著已經擦不乾淨的血跡。我坐了下來。

「我問你什麼，你就回答什麼。」他說。藉著油燈粗糙的光線，我看清了他的樣子，大約五十歲，額頭上有兩道疤痕，延伸到顴骨，在弧線之中，是一雙疲憊不堪的眼睛，他的左手只有三根手指，低垂著指向地面。

我點點頭。

「你要去哪兒？」他說。

「拉莫。」

「你連幾隻狗都對付不了。」

「我會死在路上，我知道。」

「怎麼不去上吊？」

「我父親在快要餓死的時候也沒有動他那些收藏品，他用所有東西換了地圖，我想用一下這張地圖。」

「那裡什麼也沒有。」他看向地面。

「你去過？」

「沒有，我想死的話會找個舒服的地方。」

「沒去過你會知道？」

「我去過很多地方。所有地方，什麼都沒有，拉莫也一樣。」

「之後去哪兒呢？」

「在這裡待一陣。」

「然後呢？」

「說不準。」

「這個地方，可以聽到所有來休息站的人，你怎麼知道我還活著呢？」

「我不知道，我想去拿走你的東西，有些我也許能用得上。」

他救了我的命，但他心情不好的話可能下一秒就會用那把矛扎進我的胸腔，所以我還是想盡快離開。

他朝後躺去，矛壓在身上，金屬尖頭指著我所在的方向。我知道可以休息了，靠向牆壁。這個臨時洞穴已經存在很長時間，地面上有層層的餘燼，塌陷的石頭塊兒，不知道有多少人在這裡棲息過。但從那隱隱約約的屍體氣息中，可以察覺出最初這裡是伏擊行人的一個隱匿點。在他躺下的正上方，可以通到最大的那棟建築物的一層，也聽得到所有聲音。

我醒來時，他正咀嚼著像是肉乾的東西。入口處有一條纖細的光亮，在木板和地面接觸的位置。

「最近的水源在五公里外的一座小山後面，不太容易發現。」他咬起來絲毫不費勁。

「我應該找得到。」我說。

「其實過濾器這種東西，沒有什麼用。」他說。我知道他已經翻過我的行李了。

「總會有點作用，哪怕在心理上。」我說。

「不會比每一口吸進來的空氣乾淨。」他熄滅了油燈，推開木板，站在外面的灰茫中，看著我。

我鑽了出去，回頭看了一眼，一個完美的庇護所，作為伏擊點太合適不過。

這一夜，我的精力恢復得差不多了，已經從與狗群僵持的虛脫中舒緩過來，但站在這裡，與我來時沒有任何區別。沒有大獲新生的欣慰，沒有可以重新上路的愉悅，跟這片靜止的廢墟一樣。

「所以，你欠我個人情。」他說，仍然提著那把矛。

「是，你想要什麼？」

「最值錢的不就是你這一身皮肉？」

我跟著他，來到休息站，他走上樓梯。在一樓，我看了一眼曾在拐角待過的那間屋子，像是過了很多天，地上還能看出幾滴紅色。

到了三樓，他走向那具屍體。屍體靠在牆上，右手邊一米處是碎裂的酒瓶，我再熟悉不過。

他看著這堆灰黑的玩意兒，伸出矛，用另一端向下砸去，彎腰撿起一截指骨。他從背包裡撕扯出一片塑料布，那應該是用作雨衣的，把指骨包好。他伸著手，等著我去取。

我走過去接過來。

「你欠我一個人情，如果，如果你到了拉莫，就把這個埋進土裡。」他不帶任何情感地說。

「你不是說拉莫跟所有地方一樣，什麼都沒有嗎？」

「對，但是它很遠。」他背過身去，好像在看著牆上的字。

「這是你寫的嗎？」我說。

他沒回答我。過了會兒，他看也沒看我，走向樓梯。

我們在休息站告別，也許在洞穴裡再住一陣後，他要朝我來的方向去，那條路線可以到達沿海的城鎮。

「人們不會相遇第二次，是現在這個世界的問題，所以對面這個人是否活著，已經沒有區別，因為再也不會見到。」他說。

「一路上你沒有遇到過同一個人嗎？」我說。

「有。」他說。我猜想是那具屍體。

「你們之間發生了什麼呢？」

「其實聽別人的故事，不會讓你真的感受到什麼。」他說，臉上那道蜿蜒至顴骨的傷疤，總讓人感到他的眼睛裡有一絲笑意，接近於微笑時的弧線。但其實沒有，他什麼表情都沒有。

「你走吧。」他說，打算回他的洞穴。

「我還是想感激你，你對於我如同救世主。」我說。他站住了。

「什麼？」他茫然地看著我，眼神裡透出深不可測的東西。

「救世主，你救了我的命。」我說。

我轉身騎車，想著即將回到破碎的公路，向著拉莫前往下一站。我知道他仍在背後看著我。

隨後，那把矛就從我的腹腔裡穿透出來，當我低頭看的時候，像是從體內生長出某種可怕的東西，一截血紅的金屬。

水源在小山丘後面的大樹旁，我還是用過濾器接了水。

傍晚，我到達一個小城，這兒開始它持續的秋雨。

沿著濕漉漉的街道，路過居民區、廢棄的醫院、學校，我到了商業區，在大型超市的門口，我把車停放到屋簷下。到處空無一物，除了零散的食品包裝外再也找不到其他東西，還有已經分辨不清的大片凌亂腳印。我帶著雨水進來，它們沿著雨衣滴落於地面，又將那些腳印混在一起。

雨水沿著街道向兩側流淌，潮濕讓空氣中摻雜了冷意。一個人都沒有的小城，即便我早已聽說過，但還是第一次見識到。濃重的暗色調給遠處延伸的街道添了層詭異。大概是個連狗都不會來的地方。

趁著還有一絲天光，我必須找到夜晚的棲息地。居民區通常混亂不堪，找一間可以過夜的屋子需要查探幾層樓，我直接去了醫院，躺在了一間像是值班室的地方。牆角擺放著一根被毀壞的機械臂，一些節能燈碎片。我沒有興趣去樓上查看，此時點著油燈走上去會恐慌。

我坐在布滿裂縫的地板上，拆開下腹的布團，傷口在原來動過闌尾炎手術的地方，布團沉甸甸的，浸滿了血。這一路所忍受的疼痛讓我接近於虛脫。

雨滴和風聲一直延續，直到血液流盡，四周進入一片黑暗。

兩個小時後，我終於抵達了拉莫。

祖父

我的祖父，一個七十多歲的老頭，他年輕時很富有，後來一場運動過後就什麼都沒有了。那些布店紛紛充公，他的父親自殺了。祖父開始酗酒，那時他三十歲，有了第一個兒子，也就是我的大伯，大伯十幾歲就跑去了東北。我的祖父很快又有了第二個孩子，第三個孩子，第七個孩子，那時候大家都這樣。但現在沒有人管他。他沒有間斷過飲酒，沒有人願意跟他住在一起。

七十歲時，我的祖父被送進了養老院，他咒罵著所有人，因為所有人都欠他的，他說自己當年根本沒想生這些爛豬仔，但是他要操女人，所以他們出生了，他從來不關心他們的死活，他也從來沒想過讓任何一個人來到這個世界上，這個一瞬間所有東西都會消失不見的世界。

他與另一個老人住同一間屋。他恨死這個地方了，但又不知道該去哪兒，即便跟自己的兒女住在一起，他也時常會發狂，然後說起自己那套理論，那套從來不想帶任何人來到世上的理論。我的姑姑們，她們都嫁去了很好的人家，有建築師，有校長，有毛巾廠老闆。我的大伯娶了一個畫家，我的二伯靠倒賣房子發了財，坐擁著市中心的七八套房產。唯獨我的父親繼承了祖父的一切。我的父親跟祖父一樣孤僻，不與任何人親近，當他們父子湊在一起時也互相仇恨，他們從來不在一起喝酒，也很少見面，並同其他所有親人老死不相往來。

我年初有一次去養老院探望他。那所養老院有三層，一層有南北兩排屋子，每排十幾間，我的祖父住在朝北最角落裡的一間，所有大吼大叫的人都住在最裡面。跟他同屋的是一個勞模，床頭掛著勞模才有的徽章。我的祖父看著那個徽章，對我說，多噁心，看著就想吐。

但您已經七十歲了，還有那麼多看著不順眼的嗎？

小夥子，歲數能解決什麼呢？

對，我的祖父叫我小夥子，這已經是很好聽的了，他叫他的子女豬仔子，奶奶在世時，他叫她老不死的。

我帶來了香蕉、蘋果。我對祖父說。

你為什麼不帶瓶茅台給我呢？你不是在外地上學嗎？

我怎麼能帶著茅台來看您呢？

那你來幹麼呢小夥子？

其實我也不知道，只是覺得每年都應該來看祖父一次，也許我不想變成他的樣子，也許我的父親也是這麼想的，不想變成他的樣子。最近，每天中午我都會接到父親因撥錯號碼而打來的電話，他一句話也不說，但已經持續了一週，撥錯號。

我下次會帶酒來。

不要騙我了，每個人都在騙我。

我一定會帶來的，我跟他們不一樣。

有什麼不一樣呢小夥子，他們跟你說的也都一樣。

我保證下次會帶來。

為什麼不現在去買呢？我又出不去這個臭烘烘的院子，你知道人老了有多臭嗎？

我離開了養老院，我不能帶酒給他，他喝了會發瘋，那樣我可能永遠都不能再來看他了。

後來，我的祖父不知道從哪兒搞來了酒，然後，據說那個勞模偷喝了幾口，祖父大吼大叫。他們關係一直不好，祖父總是覺得勞模想弄死他。勞模偷喝了他的酒，當天夜晚，祖父用一根拖把棍，把勞模的腦袋砸爛了。監控錄像透過窗戶記錄下了一切。他們問祖父為什麼要打死勞模，祖父說勞模一直想弄死自己，偷他的錢，偷他的酒喝。

我接到通知的時候，還站在宿舍裡。我剛在舍友身上扎了兩刀，他就倒下了，流了一屋子的血。之前我等了好一會兒，周圍也沒有發生什麼，直到接到這個電話，通知我祖父發生了什麼。不過這已經是兩天前的事情了。

現在是假期，學校裡人很少，我不想回家，但我的舍友要留在這裡跟他女朋友在一起，也不回家。他都幹過些什麼呢，他經常在半夜手淫，而我有神經衰弱，有幾次我發現了，我說你在幹麼？我當然知道他在幹麼，我意思是能不能不要發出聲音，但不行。他說我在自慰。我說你把燈關了。他只是把燈的亮度調暗了。還有一次，他急匆匆地跑回宿舍，脫下了一條沾著屎的褲子，整個宿舍如同固化了一般，我坐在自己的桌子前，困惑他留下褲子後去幹麼了。他去廁所清洗了。天啊，我每天在遭遇的都是些什麼。

當然這些都不是最主要的原因。我的女朋友跟人劈腿後，我每天都待在宿舍裡喝酒。實際上，喝酒這件事，不需要破產或者家破人亡，哪怕摔傷了膝蓋，或者一根手指不小心被劃傷，都可以喝酒。然後我的舍友責怪我為什麼總是待在宿舍，可我又能去哪兒呢？回家會想自殺的。而待在宿舍會妨礙他，他的女朋友經常來看他，於是他跟女朋友在外面開房，他因此多花了點錢，回到宿舍嘲諷我，他說我女朋友走得對，應該去追求正常的生活。我怎麼能允許一個拉褲子的人如此奚落自己。於是我在他胸口扎了兩刀，他很吃驚，摔倒的時候睜大了眼睛看著我，還說，你在幹麼啊？

之後我坐在宿舍裡，看著血順著一切流淌，又流淌過一切。我接完那通電話，想著祖父也許不好過了，但他起碼不會進監獄，我就不一樣了，作為青壯年，即便我以精神病為藉口也要進去待很多年，在裡面我會真的瘋掉。

我騎上摩托車往家跑，有三百公里，中途去加油站加油。便利店裡不出售酒，不過我帶了一瓶蘭姆。我坐在加油站裡，喝光了那瓶蘭姆，再次騎上摩托車以後，沒多會兒就失去了意識。等清醒過來，已經是白天，我從路邊的溝裡站起來，一身的傷，可能誰撞了我。我看到摩托車在十米開外的路邊，車殼碎成一片一片，散落在更遠的地方。我感覺是誰撞了我，以為我死了，就扔進這個土溝裡。

我把摩托車推起來，居然還能發動，就騎上車，手腕和肩膀就像被扯開一樣痛。沒辦法，我要回家去看我父親一眼，告訴他發生了什麼，我必須要告訴他。告訴他，他將我帶到這個世界上，然後這二十多年都發生了什麼。我從來不跟他交流，我們不說一句話，但現在我必須要告訴他了。

可惜的是，摩托車只行駛了四五公里，就再也走不動了。我在路邊點了十分鐘火，還是發動不起來，就把摩托車扔在了路邊。

我一瘸一拐地走著，沒有什麼好辦法。我試圖攔車，但他們不撞死我已經謝天謝地了。走了很久，大概有兩三個小時，我休息了兩次，真的走了很久。接著，我看到了祖父，他撐著一根枴杖，看樣子他也走了很久。

啊，爺爺。

祖父回頭看我，他臉上還沾著血呢，我也是，但我分不清那是我的血還是舍友的。

小夥子。

祖父笑著，這算什麼呢。

爺爺，您要去哪兒？

逃跑啊，他們想把我抓到別的地方去，我已經沒幾天可活了，還要換地方。

就這麼走著嗎？

你怎麼一身血？

啊，我騎車摔傷了，我喝了一整瓶，之後就不記得怎麼了，醒過來的時候就這樣了。

夠倒楣的，你不該喝酒還騎車啊小夥子。

是啊爺爺，我還做了別的事。我把舍友捅死了。

祖父停下來，看著我，好像在看一個更為陌生的人，雖然「小夥子」這個稱謂已經很陌生了。

看看你都幹了什麼。他說。

我噗哧笑了出來。我的祖父，用木棍打死勞模，把那個腦袋打成摔碎的西瓜之後，居然教育起我來了。

我已經忍受不了了，我不知道這麼多年您是怎麼堅持到現在的。

為什麼要捅人呢？

那人笑話我。他拉過褲子，把那條褲子扔在宿舍裡，還每天半夜起來打手槍，做了這些事之後，笑話我。

笑話你什麼呢？

笑話我女朋友跑了。

跑了不是很好嗎？我半個世紀才甩掉那個老不死的。

那不一樣，我跟您歲數不一樣，還沒有結婚呢。

你帶酒了嗎？

都喝光啦，看看我這一身傷，我走不到家啦，也快餓死了。

有你受的。

對，太多太多了。

我們一起沿著馬路走，這下子更沒人停車了。祖父戴著一頂紳士帽，不知道他從哪兒搞來的，穿著風衣，那根枴杖是金屬的，閃著光，他看起來氣質真是很好，怎麼也不會讓人同一個酒鬼聯繫起來。我就很落魄了，衣服爛兮兮，膝蓋那兒磨得露出紅通通的傷口，襯衣上沾著的土怎麼拍也拍不乾淨，我的手也是髒兮兮的，但祖父只是臉上帶點血。

爺爺，我餓了。

是嗎小夥子，但我身上沒有吃的。

那怎麼辦呢？我已經要餓得走不動了。

好吧。

他從口袋裡掏出一個塑料袋，裡面是幾塊桃酥。他果然還是藏了東西在身上。我抓起一塊吃了，口乾舌燥。

我們得弄點水啊爺爺，這樣走會渴死的。

誰會背著水逃跑呢？

但我們得喝水，不然哪兒也去不了。

祖父站住，四下看去，但周圍怎麼看也不像有水，沒有房子，沒有井，沒有河流。

再往前走走。他說。

我們接著走，實在太疲憊了，我真想癱在地上，但一個老人都不肯放棄，我又能怎麼樣呢，就繼續跟在他身後。我從路邊撿了根樹棍，這才好受些，如果能再喝點水就更好了。

當幾個騎自行車的人路過時，我去要了瓶水。他們問我怎麼回事，我就說家就在附近。祖父只喝了一小口，他一滴汗也不出，現在我也沒有汗流出來了。

後來，我們翻下了護欄，朝著田野裡走去。我們遠離了公路，也不知道朝著什麼方向。在陰天，什麼方向都判斷不出來。

走了有多久呢，天還沒黑，但已經開始暗了點，沒多走幾步又會暗一點，我們已經遠離了公路，看不清路旁的欄杆了。而祖父，我不知道他是不是累了，他突然站定在那兒。

我到了。他說。

您到了哪兒？

出生的地方。

但這裡什麼都沒有啊，而且您是出生在醫院裡的，至少也是在家裡。

不，我出生在這裡，我站的這個地方。

那好吧，接下來呢？

你要幫我挖一個坑。

我可幹不了這種事。

你人都殺了，還有什麼不敢的。

那好吧。

我開始幫祖父挖坑，用他的枴杖。他雖然能走路，但體力活已經做不了了，連土都翻不起來，他大概什麼力氣都沒有了。我也沒有好到哪兒去。我挖了很久，才挖出一個三十公分深的坑，估計可以躺進去了。

祖父坐在地上，等著我，這是我唯一替他做過的事情。四周真是太荒涼了，連棵樹都沒有。

我已經挖不動了。我說。

祖父掏出剛才放回口袋的桃酥，在考慮著什麼，這太令人心酸了。

我就算吃掉這些桃酥也挖不動了，已經透支啦。我說。

那只能這樣了。他說。

祖父仍舊坐在地上。

你走吧。他說。

您呢？

我不能再走了，這是我出生的地方。

好吧，那我真的走了。

他把桃酥遞給我，我接過來，放進口袋裡，像他一樣。這也是他唯一給過我的東西。我站在那兒。

最後，祖父坐進了那個土坑裡，看著我。我不知道他看到了什麼。

對不起了。他說。

真的嗎？

真的，對不起了。

我重新朝公路走去，一路上我嚎啕大哭，我從來沒有這麼傷心過，也從來不知道自己可以如此傷心。如果在此之前我知道的話，根本不會拿起那把刀。

哭了有多久呢，直到什麼都看不到，天黑得如此徹底，沒有一顆星星，沒有燈光，什麼都沒有。

而我根本判斷不了自己出生在哪兒。

捕夢網

他沿著濕淋淋的馬路走著，我在幾百米外就看見了他，我正猶豫要不要停下車，但他沒有招手，就是看著我。雪從兩個小時前開始下起來，高速公路上冷得要命。我等煙霧熏得眼睛疼的時候才會打開窗戶。

我停車只是想看看他怎麼這麼倒楣。好多時候我都會這樣，走到那些半夜坐在馬路邊的人身邊，問他們兩句怎麼了，他們有的人會罵兩句，有的人會裝模作樣，有的人就會告訴我怎麼了，我只是想聽聽，他們也只是想告訴誰，隨便誰。

他朝欄杆靠了靠，但我離他有一米呢，根本不可能碰到他。

「一個豬頭砸了我的車。」他頭髮全是濕的，我估計鞋子也濕透了。

「你再說一遍。」

「一個豬頭砸了我的車，我不能開了。」他似乎還往後看了看，是否有別的車會停下來。

「上車吧。」我說。

「我的衣服全濕了。」

「我看到了。」我說。

他上來了，搓著手，渾身冒著冰塊的氣息，像是夏天沒開空調的屋子裡忽然打開冰箱的冷凍室。

我扔過去一包紙，他接過來連抽了幾張，擦了擦臉和頭髮，還有後脖頸，他不知道該把紙扔到哪兒，就團在手裡。

「開窗戶扔出去。」我說。

上。

「我得朝回走，不是這個方向。」他看著我，手裡那團紙像是融化開了，有的碎屑沾在他臉上。

「這是高速，你該從對面攔車。」

「我翻不過去這段欄杆。前面有個出口，再兩公里有橋，可以掉頭到對面去。」

「我以為順路才讓你上來的。」

「往前走一段有我的車。」他指著前面，好像有東西似的，但什麼也看不到。

幾分鐘後我靠邊停了，他的車在應急車道，車頭貼在護欄上。一個豬頭，一個可能已經凍僵了的豬頭，砸在這輛車的擋風玻璃上，一直塞進方向盤裡，露在外面的後腦勺上落著層薄薄的雪。

他沒有下車，朝前後慌張地探望，看了好幾圈。

他的車應該能發動，但是玻璃和雪，以及壞了的雨刷，都讓這輛車不能行駛在高速上了。而我之前一直以為是誰砸壞了他的車。這一帶會有碰瓷的人，如果沒擦到他們，但車又不小心停住了，或者錢談得不合適讓他們心情不好了，他們就會用隨身帶的扳子把車砸了。沒人敢報警，報警了會再被罰一筆錢。他們跟政府沒有串通好，但就是這麼默契。

我繼續開車。

「這個豬頭他媽從哪兒來的呢？」他說。

「你在問我嗎？」我說。

「我得回去，我老婆在後面呢。」

「在哪兒？」

「我把她扔下來了，還有我兒子。」他手裡的紙團不知道什麼時候沒有了，看起來有點著急。

「你是個殺人犯嗎？」

「我把她扔路邊了，本來想回去，但是落下來一個豬頭，前面就是高速出口，我已經快要往回走了。」

我在考慮要不要把他扔下來，但是我並不著急回家，因為我女朋友這個時候正在家裡做捕夢網，就是在一個圈上用繩子纏來纏去最後掛在床頭的玩意兒。她已經做了個藍色的，現在要做個白色的，我得回去看著她做一晚上這個白色的捕夢網。所以我在出口處把車開了下去。

「太謝謝你了。」他說。

「我就是想看看你老婆見到你時會怎麼樣，一定爽翻你，對吧？」

「不知道會怎麼著，剛才有點蒙，我們吵起來了，她忘記帶產權證，我們本來是去上戶口的。她忘記拿產權證了。」

「然後呢？」

「她說應該我準備，但所有這些東西都在她那個櫃子裡，我從來沒開過。」

「一次也沒開過？」

「開過一兩次，是找我的東西。」

「產權證是誰的呢？」

「是我們的，但一直都是她管。」

我在一座大橋下掉頭，橋下的瀝青路面也濕潤起來，橋面上往下流出融化的雪。公路上的雪總是融化得很快。

他太著急了，我覺得應該打兩句岔，但又不知道說什麼。

「你知道捕夢網嗎？」我說。

「是什麼？」

「就是一個網，掛在床頭，需要自己手工來做，叫捕夢網。」

「不知道。年輕人搞的吧。」他不再那麼緊張，朝後靠過去。

「但我不是年輕人，你得感謝捕夢網，不然我不會拉你的。」

「這車裡有嗎？」

「沒有。在家裡，家裡有個人在做捕夢網，我一看到那玩意兒就想死。」

「我看到那個豬頭的時候也想死。」他看起來真的很沮喪，我已經快笑出來了。

「但你不能不讓豬頭砸到你的車上，對不對？」我說。

「我稍快或稍慢一點都行，它就摔地上了，再不濟砸到別人車上。」

「總得有個人被砸到。」

「但不該是我，我的老婆還在高速上抱著孩子挨凍呢。」

「你怎麼知道別人沒有遇到過這種爛事呢？去約會，去高速上攔大卡車救狗，去醫院換牙套。每個人都覺得自己的事最重要，都不該被砸到。」

他聽沒聽我根本不知道。他一直看向另一側的公路，應該快到他拋妻棄子的地方了。他說：「我不該這麼說，但你今天就沒有急事。」

「所以我就該被砸中嗎？為什麼中彩票的事沒有我？」我說。我想起十二歲的時候，那年我父親在養豬場破產中度過更年期，他欠承包商的債務會讓接下來的十年都不太好過。我父親最開始待在家裡，他會用塑料桶去糧店裝滿白酒，擱在桌子一旁，坐在那張堅硬而冰冷的木製沙發上，上面一塊墊子也沒有。在我出門和回到家這期間他幾乎一動不動。我母親一句話也不敢跟他說。事實上他上一次打母親已經是三年前的事情，因為母親借出去一大筆錢，我在半夜聽到母親動物一般的哭聲，之後母親把一鐵盒的藥都吃光了，父親背著她跑去三公里外的醫院。而那筆錢永遠消失了。那應該是他身體狀況最好的一天。如果當時去買兩套房子而不是去幫一個兒子頸椎發育不良的人，那時的狀況也會好一些。後來我父親開始釣魚，他捧著五十公分長的鯉魚回家時會跟母親說些什麼。但半夜我仍可以聽到他走到客廳，坐在那兒。有一天我的母親衝出臥室，對他吼著：「你等什麼呢？」她應該是積攢了很多天才說出了這句話。之後我的父親接手了一輛出租車。一月底的一天，我們要去另一個城市的姑姑家。父親白天工作，傍晚時我們出發，駛上了高速。大約一個小時後開始飄起雪片，在車前燈下這些雪片像是活的。「你開慢點。」母親盯著前面的路面說。父親還是以九十碼的速度駕駛著。「你開慢點。」「我不會。」「你這樣開車，我們到不了你姊姊家了。」父親說：「那你想到哪兒？」那天晚上我坐在後面，車裡的暖氣是壞的，側玻璃上凍結著條紋密集的冰霜，母親想離著側窗遠一點，我看到她朝椅子裡側移了移。

我聽到他喊：「停車。」路面很滑，我放慢了車速，緩緩停下來。他下了車，這中間的護欄只有一米高，也沒有車行駛。他翻了過去。但公路上一個人都沒有，挨著公路的是被砍斷的岩石。他站在路邊左顧右看，還朝岩石上面看了看。他以為自己的老婆是野人嗎？

筆直的公路盡頭只能看到模糊的雪片，我真想一直待在這兒，兩旁都看不到任何東西，看起來不知道會發生什麼，沿著兩頭走，不知道會發生什麼。但只要我回家，就得看著那個藍色的捕夢網掛在額頭上方。

他打開車門，說：「能再幫我下嗎？」

「會不會記錯了位置？」

「我記得是這塊岩石，上面有棵樹。」

「會不會上了別的車，她站在路邊比你容易上車。」

「她在車上看到我應該會減速，起碼罵我一句。」

「但你剛才不是在我車上嗎？這段時間可看不到你。」

「那就去我的車那兒，她看到車壞在路邊可能會下來。你不是正好也回家嗎？」

「沒有正好，我就是在幫你。」

「真的很感謝你。」他說。他又淋了一頭白色鳥糞般的雪。

「快點關車門。」我說。他搓著手，從口袋裡掏出那個根本沒扔的紙團，擦著臉。他看起來太慘了，當人慘的時候總會下意識地流露出更慘的樣子，誰也不知道為什麼，有的人會讓自己看起來比平時更強悍，趁機露幾塊腹肌什麼的，但只要仔細觀察，他們還是展現著更慘。

半小時後，又一番折騰，我們終於看到他那輛歪斜著停靠的車。

我和他走下來。我披上了後座的大衣，用圍巾把脖子纏起來，如果不這樣我就不會想下車。這個男人沒有看到自己的老婆孩子。等我走到那輛車前面，發現豬頭也不見了。

「我該怎麼辦？」他靠在自己的車門上。

「有個渣滓停了車，把你的豬頭帶走了。」

「不是我的。」

「是你的，既然落到你頭上，那就是你的，現在沒人會信這個事情了。」

他掏出手機，給救援隊打電話，如果剛才打了他就得站在路邊等。如果他惦記自己老婆又為什麼要把老婆扔在高速公路上。事實上我也幹過這類事，也曾被扔在路邊，那麼就走一段。現在我知道了，可能走幾公里會有個豬頭掉下來砸到自己腦袋上，這太完美了，跟我人生的每個階段都一模一樣的完美。

他說：「你先走吧，她手機應該是冷得沒電了，大概坐別的車回家了。」

「等救援車來了我再走。」

「我的車還能發動，就是不能駕駛，看不清路。」

我們鑽入了他的車，他打開空調，但一點用也沒有，因為擋風玻璃開了條縫。

他一邊調著空調大小，一邊說：「捕夢網是做什麼用的？」此時他已經不著急了，也不擔心什麼。

我用圍巾吸了吸頭髮上的水，說：「把美夢兜起來，噩夢過濾掉。」

「還有這種東西？」

「但醒過來噩夢就開始了，所以印第安人在做什麼呢？這東西是怎麼傳到中國來的？」

「我回去做一個。知道嗎，做點小玩意兒，有時候能挽救婚姻。」

「比換輛車更好使嗎？」

「有時候，比如我結婚已經五年了，換輛車就不如做這種小玩意兒，女人的情緒又沒法搞明白，如果撞對了就能省不少事。」

「如果她看見了就想吐你一臉呢？」

「那也是產生了效果，厭惡跟愛是貼在一起的，對不對？」

有卡車從道路上駛去，聲音大得像有人在懸崖邊推自己，當車停在路邊時就會這樣。只要停在路邊，就不斷會有一棟樓那麼大的卡車路過，速度總是比跑車都快。

他擰開一個不鏽鋼保溫杯，喝了口冷冰冰的水。落雪像是被磁鐵吸引的碎鐵屑一樣積聚到這塊碎裂的擋風玻璃上來，跟我十二歲那個夜晚差不多，我記得很清楚，父親說：「為什麼非要今天去？看看前面他媽的這一堆。」雨刷一直在擺，但沒有用。「我不知道今天下雪，天氣預報也沒有說。」「那為什麼不是明天去，不是後天去？」「你姊姊打電話讓今天到。」「你現在跟她說不去了。」「已經走了一半了。」「去他媽的一半了。」父親搖下車窗，給自己點了菸，迅速有雪花落到他的肩膀上。他只是想發洩，但眼前只有我的母親，如果我坐在副駕駛他也會朝我發洩，但我通常都不講話。我幾乎不跟任何人講話，我有很多辦法可以不說話就傳達自己的意思。在學校，當有人挑釁的時候，我就盯著對方的眼睛，只要盯著，對方就會打哈哈走掉。我不知道為什麼會如此清晰地記得那個晚上。什麼也沒有發生，只是我們在落雪的高速上行駛了很久，卻令人難過。

天色漸漸暗了下來。「我做過一個好夢，」他盯著被豬頭砸過的裂縫說，「我比現在高兩倍，壯得像頭牛，我在辦公室裡耕了一片地，種大白菜，白菜中間長得都是巴掌大的草莓，我女兒看到開心得不行，她三十歲了，我不知道有多老了，但我仍壯得像頭牛。」

「這是我聽過最無聊的好夢了。」我說。

「那是你沒有孩子，這是最完美的夢。」

「我討厭孩子。」

「是因為你沒有。你沒有的時候，看到別人怎麼對自己的孩子，會覺得太礙眼了，但你有了也會那樣，就把之前的都忘了。」

「你還不是把她們扔在路邊了？」

「我只是衝動，開出去一公里就開始後悔了，但不能掉頭，我得在前面的出口下去才能掉頭。我一路上都在回憶那個夢，不然就跟親手殺了她們一樣。」

我試圖從玻璃上的裂縫找點血跡出來，總覺得應該有，但碎肉都沒有。

過了會兒，一輛交通巡邏車停在了後面。女人從車裡下來，看向我們這輛車，她對著巡邏車裡說了什麼。

他像個螞蚱一樣跳了出去，但女人迅速鑽進巡邏車裡，他擋住車門，我什麼也聽不清。

一個穿警服的給我的車貼了單子。他看到後，追上那人，對他說話，然後把單子取走了。

我下了車。他走過來，朝我笑笑，說：「我還得等拖車，你真的可以回家了，最好趕緊回家。」

「對。」我說。

「我怎麼謝謝你呢？」

「你不是幫我吃了張罰單？」

「我吃了兩張。」

他老婆應該跟巡邏車裡的人講明白了，所以沒有人下來刁難他。

我回到自己的車上，他招手示意我等會兒。然後我就看到，他從巡邏車裡把那個豬頭提了出來，踩踏著積雪，興高采烈地朝我走來。

「這是你的。」我說。

「我不知道該怎麼感謝你。」

「你該感謝捕夢網，我只是因為不想回家看到它，那是我每天噩夢的開始。」

「拿著吧。」他懇切地說。

「我看你老婆很想要。」

「對，她不關心我的死活，她以為豬頭把我砸進醫院了，她說她一直覺得這是我應得的。」

「但我看她好像哭過了。」我說。

他從車窗裡把豬頭給我塞進來，我抱著，放到副駕駛座上，真是一個凍僵了的豬頭，在巡邏車裡待了半天也沒有提高點溫度。

之後我開始趕路，一路上，兩旁還是可以看到切割開的巨大岩石，還有數不清的雪片，如同熱帶的螢火蟲群在前面閃著光。我在豬頭下墊了塑料袋，防止浸濕椅子。

我不知道自己怎麼想的，後來我把圍巾也給它纏了上去，這樣車裡看起來不會那麼可怕，但總不至於有捕夢網那麼可怕。

大柵欄與平房村

大柵欄位於東城區幾條交錯的胡同中，如果你在這片胡同裡問大柵欄文體中心怎麼走，別人會笑話你。因為大柵欄念作「大蝕爛」，對，他們總是懂得很多，包括一個叫了幾十年的名字，但又這麼寫，只是你念錯了會很麻煩，他們會裝作聽不懂的樣子。

我去大柵欄參加一個沙龍，其中有導演、攝影師、畫家、詩人、當代藝術家，全都有，這個城市的垃圾反正都來了，我自然也是其中之一。呼喊我來的是一個做電影的朋友，李小峰，這些人裡除了一個攝影師外，都是他的朋友，或者他朋友的朋友。

我到了之後，裡面正在放我的電影。我對這個作品很不滿意，但沒有辦法，因為李小峰幫過我一個大忙，我總不能在這種事上刁難他吧，所以我來到這條只有不到兩米寬的胡同，又拐入連著四個公共廁所的窄巷子，這裡的公共廁所比樹都多。然後到了大柵欄文體中心，牆上貼著海報，「電影是不是我生命的全部」是這次沙龍的主題。但來的人其實沒有搞電影的，即便有沾邊的，也都是沒有搞成過電影的。

大柵欄總讓我想起平房村，我住在平房村的北邊，靠著機場高速公路，無論白天夜晚，輪胎穿梭馬路的聲音都會灌進房間裡，這沒什麼，還有更惹人厭的。每天早上八點和晚上七點，會有一群該死的在小區的綠化帶裡跳扇舞，之前我並不知道扇舞是什麼，是在四四拍的那種十年前舞曲伴奏下，每個重拍，這二十個人都整齊地揮舞一下扇子。那一瞬間，你就會覺得生活美妙極了，除了出門正對三個巨大腐臭的垃圾桶外，還能聽到扇舞，真是美妙極了。

我們圍繞著一個大桌子，開始了這次討論。

「其實我們就聊聊電影人跟生活方式的問題，我準備了這麼幾個問題：一是你的生活方式是什麼；二是你平時怎麼吃飯；三是你生活中最大的矛盾是什麼。」李小峰說。真有趣，來的人沒有一個算正經的電影人，因為正經的電影人都在一種叫「高峰論壇」的地方，這個「高峰論壇」是從美國翻譯過來的，意思是菁英們來一起探討問題。這個城市有兩千多萬人口，有一半以上都自以為是菁英，不然來這兒幹麼呢？所以每天都會有密密麻麻的「高峰論壇」，大家湊到一起探討問題。

李小峰看向一對情侶說：「不如就從你先開始吧，然後順時針往下輪。」

這個長相白淨的女人說：「我在美國學習的電影，後來主攻的方向是剪輯，現在回國內主要做紀錄片。」

「你的生活方式是什麼？」

「跟男朋友住在一起。」

她的男朋友說：「我拍廣告比較多。」

李小峰說：「所以你們就是同居，然後各做各的事情對嗎？」

「差不多。」

「平時怎麼吃飯呢？」

「他做飯，他做我想吃的。」

李小峰看向她的男朋友。「居家好男人。」

然後所有人都笑了起來。

男朋友害羞地低下了頭，他說：「我們口味差不多。」

「你們最大的矛盾是什麼呢？」

「因為我剛從美國回來，所以並不太適應這裡的環境，最大的矛盾大概是生活方式的不同吧。」

「跟你自己以前的生活方式？」

「跟他的。」

「你們吵架嗎？」

「不吵，我們會互相冷靜一下，有時一兩天，有時一週。」

李小峰看向下一個人，是個長髮男人。李小峰說：「記住三個問題了吧？」

「忘了，嘿嘿。」他笑起來。那對情侶跟著他笑，其他人面無表情地看著他，因為情侶剛說完了，其他人還沒有說。

「你的生活方式是什麼？」

「我一個人住，有個樂隊，我是貝斯。」

「酷。」

「還行吧，我基本都跟朋友一起吃飯，受不了一個人吃飯。」

「為什麼呢？」

「你說為什麼呢？你都是自己吃飯嗎？」

「我也經常跟朋友一起吃。」

「所以你是為什麼呢？」

「跟你一樣。」

長髮男人想了想，說：「現在最大的問題是收入不穩定，主要是樂隊還在發展中，而且大部分人不懂音樂，都是一窩蜂，而且我最討厭民謠了，又窮又酸，以前不流行民謠，現在這麼流行，說明又窮又酸的人越來越多了。」

「我們不批判他人的方式，就聊聊咱們自己的。」

「我批判了？」

「我意思是我們就聊自己的。」

「好啊，那我聊完了。」長髮男人雙手支在胸前，看向下個人。

當代藝術家說：「我不吃飯。」

李小峰說：「他開玩笑呢。」

「我真的不吃飯，上一次是一週前了，每個月一半時間我都在辟穀。」

「那你的生活方式呢？」

「就是不吃飯。」

「你現階段最大的矛盾呢？」

「餓。」

大家笑起來，我也覺得很好玩。我去看過他的展，做裝置藝術，他用工業廢舊材料和大量的泥巴混在一起，做人像，非常有衝擊力。

這時門口進來個人，他臉色焦黃泛著灰色，大約三十歲，他把自行車停在門口。

「這是什麼活動？」他說話帶著口音。

「對，所有人都可以參與，你看到那邊的海報了？」李小峰說。

他點點頭。

幾個人叫起來：「進來吧。」大家看起來很熱情。

李小峰搬了把椅子，於是他坐了下來。

「你是做什麼的？」

他看著所有人，嘴角含笑，說：「我是替身演員，現在在學校學習電影。」

長髮男人說：「怎麼學的？」

「在學校蹭課。真的能學到很多東西，我建議大家都應該去聽一聽。」他說。

長髮男人直愣愣地看著他。其他人也愣住了。

李小峰說：「我們這是一個聚會，有個主題，就是聊一聊電影跟我們生活的關係，那你的生活方式是什麼？」

「我住在學校附近的地下室裡，還挺充實的，有工作的話就去工作。」

攝影師走出去抽菸了。

他趕緊說：「我沒打擾到你們吧？」

來自美國的女人說：「沒有沒有，我覺得很有趣，你們覺得呢？」她男朋友點了點頭。

李小峰說：「那你最大的矛盾是什麼？」

長髮男人說：「你略過了一個問題。」

「不用問了。」

「為什麼不問？」

「有什麼可問的？」

長髮男人皺著眉，說：「每個人都回答，你也請他進來了，怎麼就不問？」

李小峰尷尬地張著嘴，對剛進來的人說：「那你平時吃什麼？」

他呆滯住了，不知道看向哪兒，說：「吃麵。」

李小峰說：「好，吃麵好。我也喜歡吃麵。」

女人說：「什麼麵？自己做嗎？」

「泡麵。」他看起來比較渙散，接著說，「我覺得現在的電影都很不好，全是大製作，大投資，但都拍得亂七八糟的，所以我去蹭課，是為了能當導演，拍上自己的電影。」

長髮男人捋了捋頭髮，看向李小峰。李小峰說：「你想拍什麼電影？」

他說：「我想拍關於我們北漂的電影。」

當代藝術家站起來，走到一旁開了罐啤酒，站在門口喝起來。看來只喝點高熱量的東西也可以撐住。

李小峰說：「具體點呢？」

他說：「就是很充實，為了想法一直努力，每天都努力。」

女人的男朋友說：「那你都努力什麼了？」

他撓了撓頭。「我沒有工作的時候都在看電影，看影評，也去聽老師講電影。」

李小峰鼓起了掌，說：「好，好，幹勁十足。」情侶跟著抬起手拍了拍巴掌。

他不好意思地笑了。

長髮男人看著李小峰，李小峰被看得有些反感，說：「你要主持嗎？」

「你主持。」

「我看你想主持。」

「沒有，我聽你問下一個問題呢。」

李小峰說：「我們準備了三個問題，還有最後一個，你現階段最大的矛盾是什麼？」

「我沒有矛盾。」他果斷地說，「有工作我就去工作，沒有工作就忙自己的事情，沒什麼矛盾。」

李小峰說：「你多大了？」

「三十一。」

「那家裡不催你結婚？」

「我不想回去。」

「那待在這裡，你覺得能當上導演嗎？」

「能，只要堅持住。」

長髮男人拍了拍李小峰的肩膀，說：「可以結束了。」

「結束什麼？」

「聚會可以提前結束了。」

女人說：「我覺得很有意思啊，再聽他說嘛。」

李小峰繞過空著的兩個位置，看向我，說：「接著往下輪吧。」他對剛進來的男人說：「你也聽聽——你著急走嗎？」

「不急，我住所離這兒不遠，騎車二十分鐘就到了。」

李小峰轉過頭，對我說：「該你了。」

我坐上車往東邊駛去，路面潮濕，窗戶開著的話會有濕冷的風冒進來。這個藝術沙龍非常成功，把持住了所有人對所有人都厭惡透頂的生活主題。

在姚家園路，即將要到平房橋，開車的男人說：「這一塊兒有小姐嗎？」

「啊？」這一路他都沒有說過什麼。我說：「東壩中街那兒有片紅燈區。」

「多嗎？」

「一條街都是。」

「多少錢？」

「不知道，招牌都寫揉腳，我上次去想揉腳，說是技師都放假了。我看著那條街都是。」

「剛才路過平房村——知道平房村嗎？」

「我每天都路過怎麼會不知道。」

「那裡好多站街的，去過嗎？」

「那就不知道了。」

「我上次去，有個老女人說一百五兩次，我進去了，出來覺得這他媽算什麼，走了兩步看見個年輕的，我就再來了一輪。」

「你真行。」

「主要是我覺得虧了。」

車已經從東壩中街穿過去，後面是一片比較荒涼的地方，遠處有高架橋深黑色的影子，而此刻烏雲的形狀像是青蝦透薄的皮。

「我知道南三環那邊多。」我說。

「我也常去，最近查得緊，不行了，都跑東邊來了。」

「上次我坐車聽來的，你這麼急嗎？」

「急啊，最近太忙了一直沒顧得上。」

「那你去平房村吧。」

「你去嗎？」

我轉過頭看著他，想了想，我剛從一個藝術沙龍裡出來不到半小時，也許明年就可以去高峰論壇，可以和菁英們一起討論問題，因為我的電影明年就會上映，之後可以參加很多高峰論壇，探討很多關於世界電影格局的問題。我說：「去，你掉頭吧。」

他看起來還挺高興，車速也提快了。

過了平房橋，他把車停在公路邊的臺階上，我跟他下了車。

前面是漆黑的胡同，兩邊都是二層小樓，街道後面看起來像是一片田野，但其實就是未開發完的建築工地。

我跟著他走了十幾分鐘。他四下看看，空蕩蕩的，說：「人呢？」

又走過一條胡同。他走到一棟兩層小樓前，打量著一扇門，這裡的房門都像是永遠關閉著的樣子，幾塊木板靠在牆上。他說：「上次那個打折的老女人就是在這裡。」

他朝屋裡看了一眼，想敲門又沒有動作，又往前走了一百米，說：「年輕的站在這兒，她跟我說了句什麼來著，反正我就進去了，真好。」他陷入某種甜美的回憶裡。而我也想起沙龍最後是怎麼結束的，來自美國的女人決定要拍攝那個男人的紀錄片，他們連續不斷地聊了半小時。當代藝術家在喝了三罐啤酒後要走，但是李小峰不讓他走，於是他端著鋁罐，胳膊顫巍巍的。他很久沒有吃過東西了，他說：「你們為什麼要花一整個晚上去羞辱一個人呢？」李小峰怒不可遏地說：「我們怎麼了？」當代藝術家對那個男人說：「你知道整個狀況嗎？」他說：「什麼狀況？我哪知道。」當代藝術家說：「你一進來就知道的，你還待在這裡幹麼呢？」那人惶恐地看著所有人，攥著自己的袖子。我上次看到這樣的眼神是小區垃圾桶旁髒兮兮的野貓。他說：「比我回去待著好。」

「現在怎麼著？」我對站在巷子裡的司機說。

他立在那兒，只有街道盡頭有燈泡作為零星的光源。他說：「可能她們都睡覺了。」

我聞到下水道的味道，風吹得膝蓋痠痛起來。

他找了臺階坐下來，抽菸。

「我應該等一會兒，不能就這麼回去。」他低著頭說。

一 黯淡

寺廟坐落於西邊，距離市區一百八十公里。他下了長途汽車，坐上一輛三輪，在潰爛的土地上顛簸了二十分鐘，到了山腳下。

寺廟裡很多年輕人，有的長期掛單，住半年以後，直接出家；也有短期的，在山上待三個月，再下山。他把這件事告訴了母親，母親表示支持；他也告訴了幾個朋友，他們也都表示支持。其實他想聽的不是支持，而是有人問問他為什麼想上山。在此之前他用兩年時間攢了十萬塊，一個月前，被朋友全部騙走，如果此刻能找到這個人，問他支持不支持上山掛單，他也定會表示支持，如果問還錢的事，下一秒他就永遠消失。就山下的生活來說，他們覺得周圍的混蛋少一個就有少一個的好，所以支持所有人上山掛單。

此前，也就是在他攢錢的日子裡，每天晚上他會拿出半個小時打坐，在蒲團旁點一個香爐，有人問的時候，他便說：「我知道你他媽不信，但我真的在吸收日月精華，丹田已經有了溫度，能量開始匯聚。」當然說了別人也不信，每個人都有他自己解決困難的方式，只要不露餡，就依然還存在解決得了的幻覺，通常你不能把這叫做自欺欺人，因為不管用何種方式，賭博，抽大麻，酗酒，找女人，丹田都會慢慢有溫度，並匯聚起能量。而且老傢伙們的肚子總是比塞了五個抱枕還大，這裡面也全是能量，一個老傢伙可以靠能量吞噬幾十個年輕人，把他們變成抱枕塞進肚子裡，那些年輕人變成抱枕之後就很頹靡了，開始像他們的爸爸媽媽們一樣打麻將，喝啤酒，但沒人在意。只是種種的一切，他都沒有辦法。於是帶著最後的兩千塊，他上了山。

有段時間他總是做夢，夢到那個騙了他錢的人，他把那人捆住了，但對方沒有錢，他們車軲轆話持續講了一晚上，他們永遠都不知道自己辛苦賺來的錢變成了誰的抱枕，所有夢的最後，總是被這個人跑掉。他再也忍受不了這種焦慮，也不能忍受回家跟母親住在一起，母親總是催他趕緊生育。他之前有個可以一起生育的女朋友，她在北京買了房子後就跟他分手了，她跟周圍人說：「愛情有一個衰變期，如果之前沒有變化的話，便會走向終結。」說這話的時候，她準覺得自己的頭像可以掛在某個大學走廊裡了。母親得知他分手後很失落，說：「兒子你太可憐了，回家吧。」

「其實我可以生個孩子，再教給他一切能把自己一輩子搞砸的道理，我如此艱難地活到現在，剩下為數不多的信念，再給予一個孩子，讓他艱難地活到我這個歲數。然後有一天我們互相舉著刀對峙的時候，我再告訴他，其實你誰都怪罪不了，我是不是全都告訴你了？一開始就告訴你了是不是？」

所以之後他在家讀了半個月的經書，就孤注一擲地打算上山，他想著掛單三個月，如果清淨了，也許可以留在山上。

現在他走到索道站，買了單程票，坐在裡面的時候，他看到腳下如同棉絮的松樹，山谷中飄蕩起雨後苔蘚的味道，從窗戶的幾個小圓孔裡漫進來，他身心酥爽，向後靠過去，但沒幾分鐘就到了索道終點。

往山頂走去時，路邊總有背著簍子的人問他要不要吃黃瓜，他經不住三五次的吆喝，吃了一根。山上的黃瓜咬起來，汁水爆開一般，清爽與淡淡的甜味纏繞迴蕩。他一路上吃了三根黃瓜，到了道觀大門，但並不是此次行程的終點。他循著鐘聲，坐在大堂旁的椅子上休息了幾分鐘。一個人走過去，打開玻璃箱，伸出胳膊把裡面的錢抱出，塞到袋子裡。雖然他知道總會有人去抱出這些錢的，但仍感覺不舒服，這讓他想起自己被騙走的十萬塊，還有那一個又一個焦灼的夢境。

到了山頂的寺廟，他交了身分證，掛了單。

通鋪大概能睡六七個人，屋裡的東西方向各有一張這樣的通鋪，屋子中間擺了一座堆成小山丘的大白菜和幾麻袋土豆。這間屋子裡除了他之外還有兩個人，一個老人躺在對面，他的床頭有碗和水杯，看樣子住了有一陣。他躺在這張通鋪的最北角，潮濕冰冷，隔了三個人的位置，一個中年男人坐在床邊，雙手扶在膝蓋上。他們大概見多了來來往往的人，對他視而不見，但他也不想說話。他在潮乎乎的床鋪上躺了會兒，等著晚齋。當背後有水氣沁入時，他走出去，看到遠處山巒柔軟的線條，一條細長如蟲的石子路沿著山脊緩緩鋪下，在移動的薄霧中好像活了一般。

晚齋時，他坐在幾個跟他年紀相仿的人旁邊，所有人靜默不語。吃完後，他沒有回到通鋪，而是走到半山腰的一塊大石頭上抽菸。一個年輕人從山頂上走下來，抱著一盤李子。

「吃嗎？」年輕人說。

他伸手抓了一個，擦了兩下塞進嘴裡，酸得牙像被火燒了。

「謝謝，謝謝。」他說。

「不用說謝，這裡沒有謝謝，大家都這樣。」

「那該怎麼樣？」

「別人給你什麼，你拿著就好，你也會有東西給別人。」年輕人把剩下的李子全吃了，他一點事也沒有。

「你來多久了？」他說。他看到有兩個穿僧袍的人路過。

「兩個月。」

「都幹麼呢？」

「念經，靜心，做早晚課。」

「我該去做晚課嗎？」

「你想去就去嘍。」

他朝下面看了一眼，二樓的大堂亮著燈，但他一動沒動。

「我總是覺得自己特倒楣怎麼辦？」他不知道自己為什麼突然這麼問。

「你算問對人了。」年輕人吮著果核，「你如果問他們，他們會說回歸你自己的內心，尋找一切的根源，會發現問題都來自你自己。」

「我感覺問題都像是自己的，但也有別的說法吧？」

「有的，所以你這不是來尋求解決之道了嗎？」

「我就是想找個地兒待著，因為別的地方花錢太多了。」

年輕人回過頭看著他，說：「你很窮嗎？」

「現在？對，很窮，我被騙走一筆錢。」

「很好，我很富有。」年輕人說。

他吃驚地望著年輕人。

「我物質上富有，精神上也富有。」年輕人說。

他心想這他媽的是個什麼玩意兒，默默地把最後一口菸抽掉。

「但我現在不是跟你一樣了嗎？我們坐在這裡吃著李子，看著被霧遮蓋的星空，有什麼不一樣？」年輕人吐出果核。

「什麼意思？」他恍惚地看著年輕人。

「剛才你至少有一秒放空了吧？每天你都可以靠自己放大那一瞬間。」

年輕人端著盤子離開。他看著走下山的背影，回味著剛才，似乎有一秒因無端的困惑而放空了。他回到有大白菜漚爛味道的屋子，另外兩個人不知什麼時候已經入睡，房間空蕩，鼾聲並不大。

第二天他昏昏欲睡地上了早課，站在大堂二樓，炊煙裹挾著蒸食的味道，在霧色中，所有的邊角都像滴著水，他開始控制自己不去想那個騙了他的錢又消失掉的人，不去想住在某個房子裡的女人，只是看著屋簷下向下匯聚的露水，感受著一根根梁柱中湧過的涼風，並在濕漉漉的呼吸中回憶起童年的一些片段。直到那些片段都變得輕薄易碎，他才體會到放空的感覺，與逃離不同，沒有汙濁的焦躁埋於下層，是周身都陷入可以被空氣穿透的輕盈。但沒幾分鐘，那些張牙舞爪的人形又穿梭於眼前。

整個下午他都睡在屋裡，房間裡沒有人，醒來時已經到了傍晚，中年男人端著臉盆走進來，盆裡冒著蒸氣。他已經很久沒有注意到蒸氣這種東西了。

三天以後，中年男人收拾好東西，他坐在床邊揉著眼睛看著。

「你住了多久？」他說。

「一週。」中年男人說。

「這就走了？」

中年男人把東西都塞進一個布包裡，說：「沒有答案，知道嗎？可能你覺得自己體力好，悟性高，但沒有答案，懂嗎？」

老人在白菜堆旁的臉盆裡舀水洗臉，好像什麼也聽不到。

「我也沒說要找什麼答案。」他說。

「那就趕緊下山，回到自己的那堆狗屎裡，這裡沒有答案。」

「我沒地方去才來的。」

中年男人笑了起來，背上包，走在石子路上。

他站在門口，看著中年男人漸漸跟霧融為一體。

之後，他白天跟三四個年輕人在一間小屋裡雕木頭。這些二十公分長的木頭堆在臉盆裡，是樹根。他需要花一天時間來把一根木頭刨乾淨，成為光亮乳白的一截，再放到另一個盆裡。一開始，他每隔半小時就會手腕痠痛，眼睛發澀。過了幾天，他每次雕刻完木頭，都不記得這一天幹了什麼。每一天都換來一截光滑的木頭，他所有的雜念都隨著細碎的切割，跟粗糙的樹皮一起落向地面。雕木頭成了一種幸福。在他想要分享這種幸福時，那個送給他李子吃的年輕人出現在了門口。

「你在木房啊。」年輕人靠在門框上，他看了眼另外兩個人。

「我都不知道這是木房。」他說。

「還有墨房，不是磨坊，水墨的墨。」

「是寫字的嗎？」他說。

「也不全是。你要去採蘑菇嗎？」年輕人說。

他看到跟他一起雕木頭的那人衝他搖搖頭。

「什麼採蘑菇？」

「就是去下面的松林裡，那兒下過雨後全是蘑菇，採了送去炊房，晚上所有人能喝蘑菇湯。」年輕人說。

對面雕木頭的人又搖了搖頭。

「好。你等我會兒，我拿點東西。」他說。

年輕人離開門框，走向小路。

他問正在雕木頭的人：「怎麼了？」

「別去。」

「為什麼？」

「去了你會後悔。」

「為什麼？」

「反正不要去。」

「我本來沒想去，你這麼說我就很想去了。」

「也好，說明後悔也是你來的一段經歷，去吧。」

他想著這裡很多人說話都一副看透一切的樣子，著實令人討厭。

沿著下山的路走了一公里左右，來到了一段懸崖，下面的山谷裡是茂密的松樹，很像他乘索道時看到的腳下的松林。他們從一側的小路拐進去，走入這片散發著濃濃腐敗物氣息的地方。

「這麼一段時間，知道放空了嗎？」年輕人說。

「多多少少吧，但我現在感覺很輕盈，越來越輕盈。」他說。

「我剛來的時候也這樣。」

「那現在呢？」

「你是說現在？還是說現在的狀況？」

「就是現在。」

「現在就是來採蘑菇。」年輕人開始盯著周邊的地面，十公分厚的針葉鋪在地上，時而有冒頭的蘑菇拱出來。「你不會分辨，把褐色跟白色的都摘了，別的顏色你先不要採。」

他提著小桶，彎著腰，每當發現人一點的蘑菇都一陣竊喜，專注於事情的喜悅他在雕木頭時就有了體會，而每一次輕輕擦過樹枝和伸手拔起一團鬆軟的菌類，都有一種滿足感。

當他們採了差不多一桶時，便打算回去。他走在前面，襯衫已經濕透，他想著自己可以在這裡繼續住下去，住滿三個月，然後住到一年，如果這份融於自然的喜悅能一直存在，那就可以一直留在這裡，並在每一個雨天過後都踩踏著松針摘蘑菇。這些想法讓他此前的生活一層層黯淡下去。

返途的一半，年輕人從後面接近了他，突然，緊緊抱住了他。因為疲勞，他有點虛脫，竟有些掙扎不開。

「你幹麼啊？」他說。

「我知道你。」年輕人撐開雙腿，從後面頂著他。

「鬆手。」

「別裝了。」

「鬆手我操你媽的。」當他說完這句話時，才感到上空分離出一道冒著腐臭的裂縫。

他抓起桶，朝年輕人頭上狠狠砸了幾下。

「你跑得了嗎？」年輕人坐在地上，捂著臉，嘲諷地看著他，周圍散了一地蘑菇。

他加快腳步朝來時的那條小道走去，片刻也不停歇，翻上懸崖時虛脫地躺在石頭上，頭暈目眩。

他回到屋裡，匆忙地收拾東西。老人看到他狼狽的樣子，笑了起來。

「你笑什麼？」他說。

「快走吧。」

「你笑什麼呢？你他媽笑什麼呢？」

「快走吧。」老人的嗓子裡噴出枯敗的笑聲。

他以自己都不敢相信的耐久力，沿著那條蟲子般的小路，撞開一層層濃郁的霧氣，向著並不確定的方向疾步走去。

一 棲居

2015.3.13

我喜歡庸俗的女人，以前還沒有發現，但現在我很確定了。要說歸結到容貌、性格，或者其他亂七八糟的，根本不是。我只是喜歡庸俗的女人。她們考慮事情的角度差不多，有時候她們很聰明，但程度不會超過算清五毛錢的帳。我很鄙視自己這一點，但不能控制。一開始我總以為是什麼特別神祕的緣由，最後結果都是，我發現我們的生活就是坐在那兒，她可以做一晚上毛線球，我就在一旁刷手機，從下午到凌晨，之後我會打開窗戶，如果有啤酒我也會開一瓶，站在窗前就好像發現了什麼可悲的事情一樣。其實一直如此，可能我三歲時就已經這樣了——喜歡庸俗的女人。我們互相講著社交網絡上看來的笑話，就跟發生在自己身上一樣，再開懷大笑。有時我能笑得哭出來，但是沒辦法，我好像只能做這些事。比如她洗澡時會放三五年前的流行音樂，我聽了也會很傷感，眼前浮現一個塗著星空眼影的過氣女歌手，她一開口臺下的人就開始哭，我聽了也想哭，但其實我沒什麼好哭的。等她洗完澡走出來，我看著她，目光裡都是她，天啊，這是世上最漂亮的女人了。就是這樣的。起碼今天就是這樣的。

在她家廚房下面的櫃子裡，我發現了這個本子，靠在最角落，貼著下水管道，被宜家的藍色塑料袋覆蓋住。我猜想可能是她上一個男朋友沒帶走的東西。除了這個本子，我還發現了一個空的餅乾鐵盒，蓋子扣得非常緊，昨天她出去的時候我費了半天時間才打開，裡面什麼也沒有。

她拎著紙袋子回來，裡面不知道是什麼甜點。

「你今天做了什麼？」她說。

「什麼也沒做。」

「很好。」

我想錯了，她帶回來的是毛線球。裡面有褐色的、白色的、藍色的毛線球。還有卡片，上面打印著可以用這玩意兒做成的東西，柴犬、兔子、鼴鼠，當然還有貓。我養過五隻貓，每隻都能活好多年，所以每次看到她聽說關於貓的事情時露出的獵奇表情，就想糊點泥巴上去。

她喝了口水，就坐在了沙發上。她家的沙發很小，只能坐兩個人，她說過一萬遍要換個大點的沙發，差不多有一萬遍吧。

「小兔子。」她說。

「怎麼？」

「我要做個小兔子。」

「好啊，兔子多可愛。」

接著她就動起手來，用一個長得像是鉗子的塑料工具，帶一個小滾輪。我掏出手機玩遊戲。

晚上八點的時候，我的眼睛已經有些痠痛，她舉起半成品給我看。

「真是太好啦，太可愛了。」我說。

「是吧？」

「是啊，太好玩了。」

「你要做個什麼嗎？」

「我就算了，我手拙。」

「你還知道啊。」

我拿起菸出了門。她不喜歡聞菸味，因為從小她爸爸就抽菸，所以她不喜歡抽菸的人，她媽媽也不喜歡，她媽媽還問過我抽不抽菸，我說抽，她臉就變成黃瓜色。但是她爸爸每天抽兩包，而我住進來之後每天只抽不到半包，因為很麻煩，我得站到走廊裡。她跟我講過媽媽愛爸爸是怎麼回事，每個媽媽都愛爸爸，這世界真他媽和諧。

走廊有一百米長，這是新建的公寓樣板樓，每個房間只比賓館大一點。對面也住著一男一女，他們喜歡敞著門，也許是為了通風，也許不是，可能是為了跳樓時遺書能早點被人發現不用別人撬鎖進來。走廊裡昏暗得像鼻腔。早上起床之後，洗漱完，我需要站在這裡抽一支，還有中午吃完外賣後，再就是中間我躺得渾身鬆垮的時候。現在我回憶起那個小本子上寫的東西，覺得有些奇怪的地方。她的前男友是個男子偶像團體裡的成員，我無法把這個人和本子的主人聯繫起來，但這又好像只能是他的東西，因為剛搬來這間公寓只有半年時間，那是他們最後的一段日子了。一個男子偶像團體的成員，一個容光煥發的少女，兩人最後相處的日子，聽起來美妙無比。

等我進來的時候，她還在做毛線球。兩點時，她展示給我看，一個耳朵有點歪的兔子腦袋。

「可愛吧？」

「太可愛了。」

「怎麼個可愛？」

「就是太可愛了。」

其實我每天都不知道自己在說什麼。之後我們躺在床上，她摟著我睡著了。我醒過來時她已經出了門。

上午，我把屋裡的垃圾整理完，打掃了洗手間，頭髮扔進馬桶裡，擦乾淨盥洗臺。我站在窗口抽菸，看到樓下的垃圾站有隻花雞，牠居然可以一直跟著那個人。然後我又睡了一覺，醒過來時到了中午，她快要回家了。我想起來今天要做的事情，就打開那個櫃子，把本子翻出來。

2015.3.16

她們會吃很多東西，甜的，油膩的，酸的，辣的。她們吃完了再想著減肥。因為不吃晚飯，所以中午她要點一份烤豬蹄，一份麻辣拌，還有炸雞排。

看著炸雞排我總會想起小時候，街口那家香味可以飄幾百米遠的炸雞腿，雞皮焦酥，我總會想起來，但一點也不想吃，我會想起那個口感，但是現在擺在面前也不會吃的。我跟她會聊起童年的食物，她跟我講各種春捲。這是個完美的話題，情侶們湊到一起，聊起童年的食物，有時爭吵起來，伴隨著甜蜜的微笑。有時半夜突然跑去哪個地方滿足地吃上一頓，兩人再笑逐顏開地回來。

我發現廁所的地漏下水非常慢。

我去樓下買了水果。她回來後把水果吃了，掏出紙袋子倒出毛線球。

「今天要做個什麼呢？」她說。

「做個貓吧。」

「好啊好啊。」

我看著她說：「你小時候喜歡吃什麼？」

「春捲啊。」

「什麼春捲呢？」

「蟹肉的最好吃了。」她一邊做毛線球，一邊講了半小時。

但今天她沒有做完，凌晨的時候還突然哭了。

我詢問怎麼了。

她說她忘不了那個男子偶像團體的前男友。

「他是我的光，我在見到他時就確定了。今天他聯繫我了。我在廁所哭了半小時。」

我說：「他小時候喜歡吃什麼？」

「啊？」

「你記得嗎？」

「我想想，我現在很難過，想不起來。」

「是炸雞腿嗎？」

「我不知道，你不要問我了，我現在很難過，我不知道自己為什麼會這樣。」

「你想做什麼呢？」

「他後天開演唱會，他想讓我去。」

「你去吧。」

「真的嗎？」

「去吧。」

我摸起菸，開了門，站在走廊裡。對面的房門開著，裡面的男人坐在床上抽菸，原來他是為了散菸味。他的房間沒有開燈，屋裡只有對面樓宇的燈光，窗戶打開，簾布像魚尾一般晃動。我覺得他的遺書肯定寫好了，雖然我不知道他身上發生了什麼，但既然他眼神恍惚像兩口幽深的井，還需要發生過什麼呢。

屋門還沒關上時，她說：「我去是為了搞清楚自己。」

「好啊，你的毛線球還做嗎？」

「做完再睡吧。」

「好。」

我坐回沙發上，實際上我已經睏得有些頭暈了，我每天都睡很久，但是到了凌晨還是困倦得不行。我去洗澡，出來的時候發現廁所門板的縫隙在向外流水。需要十分鐘水才能從地漏流走，也許水就沿著牆壁灌到門板裡，但也說不通，門板和牆壁根本不是連接在一起的。

「門板在流水。」我說。

她走過來，蹲下看。「門板為什麼會流水？」

我用拖把堵住那個出水的小口，木門的兩塊板子開膠了，水就從最下面的縫隙裡流出來。但是水從哪裡進入到門裡，我怎麼也想不清楚。我在腦子裡一遍又一遍過著這個浴室的結構，想像著水怎麼從被擋住的浴室，抵達廁所的門板裡面。在她洗澡的時候，我舉著拖把堵著兩塊門板間的縫隙，隔一小會兒就在馬桶上擠一下拖把。我一邊聽著過氣的流行音樂，一邊站在那兒握著拖把。我不知道明年這個時候是不是還在做這件事，但也許我過幾天就會搬走了，也許下個月，但在此之前，我估計每天都要站在這裡，靠在拖把上，我不知道自己該想些什麼。只是當我把男子偶像團體，或者叫少年偶像團體，過氣女歌手，容光煥發的少女這些事物放到一起的時候，我可以看到住在對面的男人幽深的井一般的雙眼，我認為他可以看到我站在這裡，因為我好像可以看到他還在開著門抽菸。我貼在貓眼上看了一眼，門關著，我並不知道他在做什麼。

2015. 4. 5

我好像得走了，因為又一個女人出現了。怎麼才能控制好自己呢？並不能。這個地方像一個肥料廠，這些桌子、椅子、床單，全是混在一起發酵的東西，我一天也不能多待了。她還不知道。我還能坐在沙發上愛撫她的腦袋，她覺得我非常完美，我也這麼覺得，我覺得她也非常完美。完美的男人和完美的女人在一起，有機會可以生出一個完美的孩子來。但也許是個嘴歪眼斜的小孩。沒關係的，那也一定是個完美的小孩。所有的小孩都是完美的。我們去吃了烤牛肉，喝了百香果雞尾酒，完美的夜晚。

看到這裡，我對這個本子就失去興趣了，並且斷定本子的主人就是那個男子偶像團體的一員。我站在窗邊，看著樓下的那隻雞。其間我倒了垃圾，買了水果，再回來時還是可以看到牠，牠圍著垃圾站繞來繞去。到了下午，她回家，開始收拾東西，她非常傷感，眼皮的顏色也是紅的。我不知道她在傷感什麼。

「我很對不起你。」她說。

「為什麼呢？」

「你可以阻止我去演唱會的。」

「不需要。」

「對，因為你阻止了我也會去。」

「所以不阻止。」

以前我站在海邊，海浪總是以差不多的形狀滾到岸邊，我和她說的廢話也差不多是這樣，一層層的，幾乎相同，細看有點不一樣，但沒關係，就是不停地滾到岸邊……直到我開始犯起耳鳴。

而她已經閉著眼睛蜷縮著躺了下來，這個姿勢看起來大概是有點難過。我說：「你來，我給你看點東西。」

她走過來。我站在窗戶邊，指著樓下的那隻雞。她說：「什麼呢？」

「你看牠，牠會繞來繞去。」

「為什麼？」

「不知道，牠可以繞一下午，我不覺得牠在找吃的，但牠可以繞一下午。」

她看了幾秒鐘就沒了興趣，繼續把行李箱收拾好，她塞了很多東西進去，如果是我的話可以帶著這些東西在外面住一年。

晚上我拎著她的箱子，我們下樓，走了四百米就到了麥當勞。吃完飯，站在門口等她叫的車，車來了，我跟她擁抱，她上了車，在車窗裡扭頭看著我。而車窗玻璃居然緩緩地搖上來，這是我最近看過的最噁心的事情，在好像發生著告別的時候，車窗玻璃緩緩地搖上來，這太扭曲了。看著她駛向高架橋，我想車窗玻璃一定關得死死的了。我慢慢往回走去。

在樓下，我沒有立即回家，多走了二百米來到垃圾站。我四處看著，抽完一根菸，那隻雞跑出來，我想看清牠身上的花紋，但是天已經黑了，需要離得更近點，但牠總是每當離我有五米左右就會跑開。我想把牠堵到一個角落裡，於是圍著垃圾站繞了幾圈，但牠實在是太靈活了，可以在柵欄裡鑽來鑽去。不一會兒垃圾站的工人推著車走了過來。他說：「這是我的雞。」

我說：「我知道。」

「你想幹麼？」

「我就看看。」

說完我轉身離開。他可能以為我想吃了牠，但是不遠處的公園裡有很多鴿子，我何必要吃一隻每天吃垃圾的雞呢？

回家的時候，對面的房門開著。在白天他看起來就非常普通了，臃腫的肚子像個醜柑。此刻他抽著菸，眼神疲憊。我說：「你幸福嗎？」

他轉過頭，看了我一會兒，說：「還行。」

我說：「你在這裡看起來住了有一百年了。」

他說：「你怎麼知道？」

「我不知道啊，所以說的是看起來。你住了多久？」

「一百年了，我跟十個女人結過婚，她們沒給我生過一個孩子，因為我好像無法生育，我他媽睡在草坪上，摸著濕潤的泥土，天花板上是天王星，晚上我就坐在這裡釣魚，你看，這是一條鱷魚。這些都不對，其實我是你的父親。」他說著說著就哭了起來，「但是我見到你就仇恨，我們有那麼多痛苦的回憶，我還猥褻過你，記得嗎？你十歲的時候褲子被我撕爛了……所以你快他媽滾吧。」他憤怒地關上了房門，我聽到男性壓抑的失控的哭聲。

他的鄰居開了門，查探是什麼狀況。那個老太太裝作出來倒垃圾，她說：「他腦子不正常。」我想著關你什麼事，就回了屋子。

我坐在沙發上，拿起桌上那個毛線兔子，我朝天花板上扔去，它彈了下來，我朝衣櫃上扔去，它又彈了回來，真好玩。

它彈了幾次之後，滾落到床底下，我想了想還是決定拿出來，不然她回來會抱怨。我跪在床邊，用手搆著，卻搆出一個紙箱子，是扁平的，有一平方米大小的箱子，應該是裝電腦的，床底下還塞了別的形狀的紙箱子，我打開一個，看到裡面有幾百個毛線柴犬、兔子、貓，它們堆在一起，密密麻麻。

一股巨大的恐懼迎面撞過來，我像是被卡車頂了下，在快要歪向地面時，我立即嘗試站起來，連滾帶爬地衝出屋子，來不及帶走任何東西。

響起了敲門聲

我通過道具師買來一把六四手槍，過程並不複雜。

拿到之後，我才有了一種踏實的感覺，就像是可以控制自己去廚房洗一個蘋果，或者浸泡一個茶包。在此之前連這點事都讓我感到惶恐。妻子離開時，我還在廁所捅地漏，廁所的水已經漫出來，她在客廳留下一串濕淋淋的腳印，就像她手腕上黯淡的串珠。她已經離開半年了。但廁所的地面現在又開始積水，如果是以前我會跟她說：「不知道會有什麼東西從裡面爬出來。」四歲的女兒會一腳踏進去，撲到我身上，我輕輕抬起胳膊就可以觸碰到她的耳朵。

三天前開始，我嘗試留下點什麼，從頭到尾梳理著自己。我在茶几上鋪了一張白紙，鋼筆灌滿墨水。我想起七歲時總是會路過一條狹長的甬道，路旁那個兩米直徑的深井，永遠望不到頭的黑暗，每次路過都要緊緊貼著道路的另一側，上面爬滿層層苔蘚，濕氣匯聚成的水滴貼在牆面上，像是某種生物的皮膚。還有十二歲那年掉落進湖裡，抓著蘆葦，勒出密集的傷口，在岸邊舔舐著滲出的血水，困惑從那時就開始了，所有自以為幸運的事情都是通向另一個黑洞的開始。那時候我就已經得出了答案。在之後的二十三年中，我經歷了兩次婚姻，母親去世時中指不規則的彎曲，父親攥著一大團跟礦洞一般黑漆漆的東西坐在屋子的窗簾後方。我有時清理著花盆裡的野草，那裡總是會生長出東西。或者在冬天，我一遍又一遍不可控地回憶起十二歲時在家門口遇到的死去的男人，一具屍體抓著報欄，他的胳膊跟報欄凍結在一起。就是這些嗎？我一個字兒也寫不出來，這乏善可陳的感覺又像是要把人拖拽到某個地方。槍比想像中要重一點。我把槍端起來，讓槍管從嘴裡伸進去，迅速有一灘口水堆在舌頭下，口水混著金屬的味道讓人想吐。我衝入廁所，蹲在馬桶邊，身上是被浸濕的衣服，看著馬桶那通向黑暗的管道口，我想起一個左臉上長著胎記的女人，她躺在床上總是讓左臉貼著枕頭。那是我這輩子最浪漫的事了，一個女孩走到我屋子裡，把衣服脫光了。

「你暴露了自己就是一個虛弱的狗屎，你背靠著牆，但所有人都看到了，每個人都能看到，你虛弱又冷酷，帶著你那點可憐的回憶去找個地方躲起來吧，哪怕去郊區挖個洞。」

「總是這樣的，你以為有一條路徑，可以割著草就走過去，路上總要找點事幹，一邊擦著汗一邊跑過去，然後一個嚎啕大哭的人等著你，看你怎麼比他還出糗。」

「我們開闢一片沼澤，在上面建個家，但從哪兒開始呢？從你活著最糟糕的部分開始吧，那裡的養料可以長出最好的荊棘來，每一根刺都毫無保留地扎在身上。」

「可是這漫長的不可解釋的當下，奔跑著的野狗，裂縫的建築物，還有一群人吞噬著另一群人，胳膊從背上長出來，一對對的男人和女人舌頭打著結。還有打折，所有事物都在打折，七折，六折，帶回家裡，窗臺擠滿了灰燼，好像整棟樓的人都死去了很久。」

我有時候還能想起點別的，但現在已經完蛋了，剛才走出廁所的時候還摔了一跤，整條褲子都濕了。我換了條褲子，想吃點什麼，就下了樓。走了沒一會兒，我就有一種感覺，會有龍捲風過來把我吹上天，然後不知道從另一個什麼地方摔下來，但摔不死。我可以在那個新的地方撿到點廢鐵，就跟十來歲的小崽子一樣，拿著廢鐵去賣點錢，度過充盈的一天，因為龍捲風帶來的充盈的一天。漫天的水母、魚卵、海星，還有一隻在遠處的眼睛，它憐憫地看著我並且甩出幾滴帶著腥味的眼淚。

這個感覺令我非常可恥，我總是在美化當下的狀況，我用了很多天才接受，並以為此時會遭遇點什麼。我一點東西也沒吃，食物爛在胃裡會脹氣。我走回家，那種惶恐又令人窒息的感覺又來了，我從來不知道是什麼。是因為任何事情都會在我這裡變得亂七八糟？我知道，在我很小的時候就知道，我的母親總是誇獎我，不論做什麼，她都會讚不絕口，「你畫得真好」、「有很多好事情在等著你去發現」……但我知道自己即將迎來一段平庸而可怕的人生。現在我完成了那麼多，也看到她死去時豎起來的中指，所以完整了，我終於不再欠誰什麼了。

我重新坐回到沙發上，這時響起了敲門聲。會是誰呢？我沒有通知任何人。是我的妻子，還是天使，一隻狗，或者那個搬走我桌子的人？他們會說什麼呢？我又開始想了。

但我實在不想看到一個快遞員站在門口，就趕緊把槍塞進嘴裡，迅速開了一槍。

一 陷阱

隔了一整年，我在某個活動結束後又遇到了她。她穿著一身黑裙，頭髮也燙成波浪，看起來成熟多了。她從出口走過來，看到我，我也不知道那是不是吃驚，她按照套路說：「好久不見。」我不知道該說什麼。她向另一邊走去，有個朋友在等她。我一直看向那個方向，她同朋友站在一起，看了我一眼，大概跟朋友說又遇到這個人。我該做點什麼呢？走上去，笑著並搖頭晃腦地說點什麼？或者跟蹤她，在某個路口再碰上一次？我迅速回了家，這太令人難堪了。

我知道有很多假的事物，它們通常都隱藏在「我以為」中。就像一年前我碰到她，我以為是個好的開始，我跟她吃飯，去喝了幾次酒，我以為這是個好的開始。後來我把她帶到家裡，書房有張玻璃桌放在草席上，我們面對面坐著。我給她捲了一根，沒想到她抽掉一整根，我說在這片玻璃下可以看到神奇的東西。她躺下後，我也躺了下來，我從一側看著她的腦袋。過了幾天我們就分開了。之後我被一家公司騙走了兩年的積蓄，我向母親借錢時，她向我描述了近期的家庭狀況。母親進了傳銷組織，並想讓我也加入進去，因為「一年可以翻十倍」，我無法說服她脫離這個名頭非常好聽的傳銷組織，她也無法說服我加入這個組織，就像此前的三十年裡我們都聽不清對方在講什麼。我退了在市區的房子，搬到郊區一間房子裡，每隔一段時間就會有人辦婚禮或者喪禮，在窗戶下搭起個長達一百米的棚子，支起一口大鍋，那些炊煙攪和著一種化肥的味道。我時不時想起那個夜晚，在草席上，我看著她的腦袋，她暈乎乎地瞇著眼睛，企圖從眼前的玻璃中發現什麼，但那是我騙她的，我只是想藉機占她點便宜。可能她也知道。

離開那個活動後，我回到了郊區的家中，天花板上有塊半平方米大小的地方沒有牆皮，每次我注意到這塊缺損的時候總是感到很傷感，但除了看著也做不了什麼。我收拾好行李，因為第二天要去另一個城市參加交流活動。

下了飛機，我費了好大工夫才在一個垃圾桶旁邊撿到打火機。當我點著菸之後，就有幾個人陸續來找我借火，我可為他們省了不少事。之後我上了一輛車，路上我問司機這裡有沒有什麼好吃的，他說哪裡吃的都一樣，然後就沒人再說話了。在賓館樓下，我吃了份沒有顏色的冒菜，反正很多年了，無論吃什麼東西都一樣。

我坐在賓館的床上。去年夏天，我也是這樣坐在一張賓館的床上，看著外面的機場，灰濛濛的天空中飛機起飛和降落，就這樣可以看一整天。現在我花了半天時間又來到一個陌生的地方，外面下著雨，我想著一年又過去了，某處落葉堆積，某處的野貓可能死了，但沒有什麼事情發生變化。我習慣性地惶恐，總覺得快死了，又總是活著，那些棘手又必須面對的東西，比如找到那家公司，或者回家拯救我的母親，我通通面對不了。

這是我第一次參加交流活動。年初我出版了第一本書，出版社說這個地方會有很多讀者，傍晚我到了書店，四下看了一眼，就準確地知道坐在這裡的幾十個人，沒有一個人看過我的書。但我還得坐在一個鋪著紅地毯的檯子上，主持人問了我很多問題，我看著下面茫然的他們，我也很茫然，出版社騙了我。活動結束後，我便覺得這個遭遇是對的，就是一切勢必如此。我出來參加活動，是為了第二天去成都，他們說成都很好玩。如果不這樣，我就得留在郊區的家裡，四處聯繫能跟那家公司扯上關係的人，有些人被我攪擾煩了便在社交網站上嘲諷我，這讓人無力反抗，因為我母親還在傳銷組織中。

大約在四年前，我的一個朋友進了傳銷組織，他們睡在一個房間的地板上，分出清晰的階級，見到上級要立即鞠躬，互相之間講三天三夜的小祕密，還要一起趴在地上模仿小動物。這個朋友中間唯一一次有機會可以打電話，他錯誤地打給了我，可我當時在玩三國殺，那局結束後打回去，但他再也沒有接電話。一個月後他出現了，像個印第安人，背著開了縫的布包，責怪我為什麼不接電話，我當然要說在睡覺沒聽到。從那之後他再也不信任我了，並在幾年後介紹了這家公司給我，同時他一直說我被騙走的積蓄跟他沒有關係。

活動結束後，主持人陪我在街上逛了會兒，我們走到一家茶餐廳，吃完飯後主持人打了車，在賓館放下我後離開。

我坐在賓館大門的水池邊，想起在昨天相遇的時候沒有跟她打招呼，想打個電話給她，但沒有撥出去。我覺得這種關係很可憐，主要是我。

第二天黎明我就出發去了成都，這場活動也一樣，沒有任何一個人看過我的書，但他們又坐在下面。我該說點什麼呢？這個主持人非常熱情，我跟他講了點小故事，結束後他去趕另一個場，書店的負責人建議我去成都的酒吧。我回賓館睡了會兒，本來打算睡到第二天，不過晚上就醒了。我去了小酒館，他們推薦要去這個地方，就是很多外地人都會去的地方，我不知道他們為什麼要建議我也來這裡。在小酒館，裡面人多得像擠在一個玉米杯裡，門口很多人排著隊拍照片，我才知道原來有個歌手在這裡唱過歌。這很奇怪，因為有很多厲害的人原來也常年駐紮在某個網吧，但那個網吧並沒有因此就賓客滿至。我好不容易找到一個位置可以坐下來，對面坐著一個不到四十歲的男人，他開了兩瓶啤酒，桌子上擺了兩包菸，看樣子已經待了很久。他可能指望某個女人跟他搭一下話，我很想告訴他你這樣是不行的，但我什麼也沒說，就坐在那兒，中間他遞給我手機讓我幫他拍張照片。他大概也是第一次到成都，什麼也不知道，跑到這裡來，坐一晚上，再什麼也不知道地去另一個地方。我喝完一瓶啤酒就走了，聯繫了書店的人，責問他們騙我到一個莫名其妙的地方，我即便是再小的作家也不該被這麼對待，於是他們推薦我去酒吧街。

我在酒吧街上逛了一圈，看到一家酒吧裡有個黑人在唱布魯斯，就走進去，坐在吧檯上。聽了五分鐘我覺得太重複了，一點變化也沒有，就開始看電視，電視機離我很近，掛在我對面一米遠的柱子上。在我身邊有一個美國白人，一個黑人，我們都在看電視，電視正在直播阿森納對曼聯的一場球賽。他們像是已經坐了一整年，就跟小酒館的那個男人一樣，幾乎坐了一整年。有一瞬間我不知道活著該如何繼續下去，還有街邊，路過時常有搖頭晃腦唱歌的人，他們總讓我更加難過。

我終於打了電話給她。

「喂？」她說。

「那天沒打招呼。」我說。

「嗯，我在外面吃飯。」

「你怎麼樣？」

「挺好的。」

當問一個人怎麼樣，對方回答挺好時，最好就掛掉電話，但我沒有，因為我很反感看體育賽事，除了拳擊外我基本不看這些直播。

「你在哪兒？」我說。

「成都。」她說。

她來成都採訪一個最近出了事情的人。

第二天，她答應跟我出來，我打算和她一起去青城山。我們在青城山的停車場碰面，她換了牛仔褲和平底鞋，頭髮梳在腦後。我走在前面，跟一年前最後見到的那次一樣，她不能走在前面，她說這讓她覺得危險。

一開始，是條兩旁都是松樹的瀝青路，我在路邊看到一種長得像大麻的植物，想摘下來給她看看，她一次能抽一整根，但又覺得太沒意思了。在售票口我買了張地圖，但開始爬山時才發現沒有用，路線都是固定的。她一直跟在我後面，我此刻跟一個人爬山沒有什麼區別，根本看不到她。中間有幾次我回頭看她是不是已經走掉了，她時而會抬起頭，向前面望一眼。

很快我們就走到灰綠色的湖邊，沿著木板的路繞著走了一圈，很多人跟我們一起，我們像群羊那樣，沿著柵欄行走。過了湖之後，便是陡峭的小路，我在疲憊不堪時，看到臺階上有一隻瘸腿的狗，牠站在那兒，看著山下。每次我出門都能看到這些，去年在花蓮看到一隻瞎了一隻眼的鴕鳥。接近一年時間我都在努力創業並被席捲一空，然後我花了很長時間說服自己出來散散心，看一場阿森納對曼聯的球賽和這隻瘸腿的狗。

到了接近山頂的一個亭子，她坐在椅子上休息，我去搞了兩瓶水。她接過水喝了一大口，說：「不要再給我發那些東西了。」

我看著她，說：「什麼？」

「不要再給我發了，已經過去很久了。」她低著頭說。

「我已經一年沒有聯繫你了。」我說。

「所以，請不要再發了。」

這時，我才知道她為什麼要跟我來爬山，應該是有個總騷擾她的人，她一直以為是我，她想一次性說明白，大概是因為對待變態不能硬來。

「完美。」我說。

「什麼？」她捏著瓶子，看著我。

「所有的設置都趨向於完美，比如之前我因為打三國殺沒有接到那個電話，幾年後讓我陷入困窘。比如昨天，我實在看不下去那場球賽，給你打了這個電話。比如一年前，我遇到你。現在你在這裡，因為有個混蛋總是騷擾你，你為了不繼續糾纏不激怒對方就來了，到了這個亭子。你看多完美，每一個糟糕的設置都通向此刻的完美。」

「你究竟是覺得糟，還是覺得完美？」她說。

「說到底還是一回事，我更覺得，都像是設計好的。」

「因為你不思進取。」

我站起來，說：「你怎麼知道我做了什麼？」

「我也不關心啊。」

「那下什麼判斷？」

「我就隨便說說，你看起來不思進取，所以不要再抱怨了。」

「我沒有抱怨。跟你發了一年東西的人也不是我，是個縮在角落裡的人，可能昨天我就見過他了，他平時每天起來就要去上班，他在辦公樓裡打滾，因為這個社會沒有罪惡感、不間斷的自洽、言行不一，還有無止境的貪婪，讓周遭永遠彌漫著腐臭，你知道所質疑的是什麼嗎？」

「那就是我想錯了。」她把頭撇向一邊。

我不能把現在同那個玻璃桌下的夜晚並列在一起，事實上，這個亭子也令人厭惡起來。我所珍藏的東西，總是在觸碰的時候就輕易瓦解成粉塵，這便是一種可以稱為陷阱的東西。

我坐了下來，她看向山下，那些山巒與植物。沒過幾分鐘，她起身下山了。

我開始往山頂爬去，小路越走越窄，樹枝從空中穿梭過來，樹葉中飄蕩著一股清新之氣，只是我越走越沉重，後來的每一步都接近於從噩夢中醒來的掙扎。到了山頂，我繞著石頭的圍欄走了一圈，坐在臺階上。這時手機震動起來，我看了一眼，並不是那個以前進了傳銷組織的朋友，而是此時還在傳銷組織的母親。

天色漸暗，我想了想下山後該做什麼，買張票去找母親，把她從傳銷組織裡拎出來，或者繼續漫無邊際地尋找那家公司，他們一定也騙了很多人的錢。這兩件事差不多可以讓我再度過幾年了。
但思考了很久，我還是決定躺在這裡，打算堅持到再也躺不下去為止。

一 我們四塊兒廢鐵

我是在一個廣告活動上認識了孫，他也是一個混子。回到北京後，他一直想給我介紹女朋友，他有時能叫出一兩個女人來，有時不能，我們會找可以喝酒又露天的地方。夏天的夜晚很熱，我們沒有預料到馬上就要立秋了，我們對時間沒有概念，永遠不知道過去了多久。他叫出來的女孩與他都有複雜的關係，所以當我坐在那兒時，總在想我他媽到底是在做什麼呢？因為我周圍其他人，至少是我的同齡人，目前所考慮的問題都成熟得很，他們可以就廚房裝修問題聊一晚上，誰要是開了口談起關於小孩的第一句話，差不多就是噩夢的開始。

孫認為我太慘了。前天，他帶著他其中一個女朋友，我們在將台路吃烤羊排，我告訴他我最近的遭遇。我已經連續五天，每天寫一封電郵給一個女孩，但我知道她根本不會看，我做這件事只是因為我想。但是在第五天，我察覺到我的前女友破解了這個郵箱密碼，她看到了所有的信，並嘲笑了我。之後因為工作的關係，我與收信的女孩聯繫上了，她說：「你不要再糾纏我了，還寫那麼長的東西，噁心不噁心。」該怎麼說呢，每封信只有幾百字，而且我不覺得噁心。於是孫就開始給我介紹女孩認識，如果這種聯誼發生在高中或大學，我一定激動不已，只不過現在，我已經在外面混了很多年了，不會再因為這種事而興奮。同時我逐漸感覺到，孤獨到底是什麼呢？大約就是荒原上一頭行走的驢，要麼騎著牠，或者並排走，不然就連一頭驢都沒有。

在我搬家的前一天，我們坐著他女朋友的那輛小車，他的女朋友縮在後座，他們整整吵了一路，後來他們互相親了手，和好了幾個小時，之後他們又接著吵，因為大家沒有事情做。我請他們吃烤鰻魚，但他的女朋友因為頭暈就回家了，我們倆吃了一整條烤鰻魚，孫說：「真他媽好吃。」

我們吃完烤鰻魚，他拖起他的大箱子。第二天他要飛去羅馬，他的母校在那兒，而我得搬離這個住了兩年半的地方。在街口，我們喝了兩罐啤酒，旁邊不遠處擺了十幾個卡車輪胎，我想我可以鑽進每一個輪胎裡。我記得有部冒險片，中間就講了一個男人把自己團進橡膠輪胎裡，從山頂滾下來。那是一部喜劇片，喜劇總是這樣，看別人忍受折磨時開心不已。

臨近分別時，實在太無聊了。很多時候，你都不知道為什麼構成眼前一切的這些元素，這些水泥、直線、垃圾桶、霓虹燈，為什麼能把每一天構造得那麼無聊而又毫無辦法。孫看到了前面的一家足療店，他拖著大箱子朝足療店走去。這家店就正對我的窗戶，每個夜晚，燈光都會照亮我的臥室，在眼罩丟失以後，我必須在眼睛上蓋一只厚襪子才能入睡。

進了足療店，我們在挨著大門和窗戶的一間小屋裡躺了下來。我臨時有種預感，就跟他換了位置，緊接著，兩分鐘後，一個年輕女孩抱著木盆走了進來，然後一個有一百五十斤，波浪卷頭髮，年齡接近四十歲的女人抱著木盆坐在了孫的位置。這讓他感到很鬱悶。後來，波浪卷女人開始工作，我笑得胃都抽搐了。孫一臉苦相，尤其是，當他看到我面前的短髮女孩——誰知道這是怎麼回事呢。

波浪卷女人揉著孫的小腿，說：「真軟，好白啊。」

我忍著笑，說：「那是，他在歐洲養了五年呢。」

「他是做什麼的呢？」

「你是做什麼的？」我問孫。

孫把頭藏進按摩椅的窟窿中說：「我什麼也不做。」

這時，我看到窗外又有男人走進足療店。

波浪卷女人說：「越忙的時候就越來人，現在哪有人手啊。」

短髮女孩說：「我去看一下。」

她們都去了大廳，孫苦惱地抬起了頭。實際上，我認為這種事不至於這麼難受，只要不發生在自己身上。

她們回來時，給我們帶了兩瓶水。

「我們做愛的時候也吵架。」孫對我說。

「哈哈哈。」波浪卷女人笑出聲來，「吵什麼呢？」

「看見什麼就吵什麼，你不吵嗎？」孫說。

「不吵，我老公不跟我吵。」波浪卷女人說。

「你剛才不是在前臺嗎？」我對短髮女孩說。

「對呀，沒有人了，現在都十一點了，但人還是很多，我們人手不夠。」短髮女孩說。

「我進來的時候，以為沒技師呢。」孫說。

「大家都是技師。」波浪卷女人說。

孫喝了口水，說：「我以前動了闌尾炎手術，找到家門口的一家髮廊，我說洗個頭，店老闆覺得太奇怪了，我說我肚子上開刀了彎不下腰，她立即開始找東西燒水，我等了半小時，但很感動，雖然她不會洗頭，但那會兒特像姊姊，我喜歡姊姊，我女朋友歲數都比我大。」

「我也算你姊姊。」波浪卷女人笑著說。她穿了低胸的黑色裙子，膨脹得像個蘑菇。孫尷尬地看著她。

我有些困倦，瞇起眼睛休息，聽不清他們說的話。過了一會兒，我起身去了趟廁所，就再也睡不著。這期間我不知道他們聊了什麼。

「這裡來的老頭最討厭，喜歡動手動腳。」波浪卷女人說，「我把他手按下去，他還教育起我來了。」

「怎麼教育的？」孫說。

「說你就是不會來事兒，我摸兩下一會兒不得買你個點兒啊，我說你買多少錢啊，他說五十。」

短髮女孩捂著嘴笑起來，她牙齒很大，每次笑都會下意識地把手蓋到下巴和鼻子之間。

「老頭住在這兒嗎？」我說。

「對啊，住這個小區裡。」波浪卷女人說。

「我也住在這個小區，你們家的燈每天都照著我的臥室。」我說。

「你把窗簾弄厚點。」短髮女孩說。

「以前在大望路，一個月能叫六十個鐘。」波浪卷女人說。

「現在呢？」短髮女孩說。

「十來個吧，已經賺不到什麼了，我跟老公逛街都不敢買什麼了。」

「這裡人少。」短髮女孩說。

「那你有底薪沒？」我說。

「我哪有啊。她有，她就是坐班的，只管前臺。」波浪卷女人說。

「但我以前學過。」短髮女孩說。

我看到波浪卷女人看著窗簾，外面又有一個男人站在門口向裡看，我不知道她是期待還是厭倦，因為在我的想像裡，她大概除了面對孩子外不會有什麼溫柔的視線。

那個男人走了，沒有進來。

「有很多變態。」波浪卷女人說。

「比如呢？」孫說。

「上次有個跟你差不多大的男孩，讓舔乳頭，我舔了一個小時，舌頭都麻了，問他行不行了，他說，你別問那麼多，誰賺錢都不容易是不是。」波浪卷女人說。

「他們喜歡教育別人。」我說。

「但我還是喜歡年輕人，年輕人會問你能不能摸，他們會問。」波浪卷女人說。

「你怎麼說呢？」我說。

「我說可以，但要加錢，他們會加錢，然後給他們打手槍。」她說。

這時，大廳裡突然傳來了音樂聲，一首節奏明快的十年前的流行歌曲。

「為什麼要放歌啊，多悲傷啊。」短髮女孩說。

「這是高興的歌。」波浪卷女人說。

「不知道，我聽很多歌都覺得太悲傷了。」短髮女孩說。接著她走出去，換了曲子，又回來。

房間裡燈光黯淡，空調吹出一股黴味，為了遮蓋黴味我和孫抽起了菸。

後來我們的時間快到了，孫說：「我們也加個點兒，再按摩半個小時吧，你不是今天沒收入嗎？」

「要別的服務嗎？」波浪卷女人說。

「不要了。」孫說。

我坐了會兒，對短髮女孩說：「你去給他按摩吧，我夠了。」

她愣了下，說：「可以嗎？」

然後兩人去給孫做按摩，孫終於開心了。

我走出房間，坐在大廳的沙發上抽菸。前臺上方是一個黑板，上面放了一些數字的小牌子。

這期間從裡面的房間走出一個三十歲的男人，在櫃檯前結完帳匆匆走了。一個大概是負責安保工作的中年男人，站在櫃檯旁，一直看著牆上的鐘錶。

半小時後，她們走出來，波浪卷女人也坐在沙發上抽菸，我給她讓出位置。

「你們有十六個人？」我指著那塊牌子說。

「不是，每個人隨便拿的數字。」她說。

之後我們就靜靜地待著，孫在裡面睡著了，傳來鼾聲。短髮女孩在那條幽暗狹長的走廊裡拖地，她戴上了眼鏡，只不過因為樂曲循環的緣故，那首令她感到悲傷的歌又放了出來。

她彎著腰，清掃著地面，又扶正了歪倒在門旁的拖把。

這是我在這裡住的最後一個夜晚，明天我就要搬走了。跑步時，我會路過這家足療店。我一直想搞把氣槍把店的招牌打爆，實在太亮了。可我想著搬家期間，那只厚襪子估計就再也找不到了，哪怕我特意去記住這件事。新家的對面沒有霓虹燈，所以我不再需要有什麼東西蓋在眼睛上。而我現在描述下來的這個夜晚，依照以往寫作的習慣，也就是對一個故事的處理本能，應該會從走廊盡頭跑出一個渾身是血的男人，毆打一個為他打手槍的女孩，但我不打算這麼幹了。在我讀書的時期，我不喜歡周遭的一切，學校會在下午播放小廣播，裡面會有一首歡快的曲子，從一里外的操場一直傳到我的家裡，聽到那曲子就會讓人感到很疏離，但並不能幫助誰離開那裡。

孫睡醒之後，穿上鞋，拖著大行李箱走到門口。她們衝我們揮了揮手。我們離開了足療店。在樓的一側，有十幾個吊車，它們可以在幾個月內就讓一棟樓拔地而起。它們已經在這裡這麼幹了十幾回了。

在等車期間，我說：「怎麼樣？開心了吧？」

「明天才開心，明天就飛羅馬了。」

「那回來之後怎麼辦呢？」

「不知道啊。那你怎麼辦呢？」

我看著那些吊車，想了會兒，說：「我該怎麼告訴你最令我難過的事情呢？就是說，我現在寫下的這件事，就是現在我們正在發生的，我的職業就是做這個，然後我把這些事寫下來，這是我們所面對的真實，某種角度上看是這樣的吧？然而，寫這些故事只會讓那個收到信的女孩離我越來越遠。當她看到足療店、波浪卷、打手槍的年輕人……她排斥這些事物，也排斥著我，我沒有一點辦法，我越是去經歷和感受什麼，她就會越來越遠離我。」

他拍了拍我的肩膀，說：「你該去砸她的門。」

「為什麼？」

「沒有為什麼，或者像現在這樣也行。」

然後他叫的車來了。他上車走了，去往機場。

我在路邊只坐了大約十分鐘。我吃了個冰激凌，什麼味道都沒有。

我回家取了彈弓。我從四五歲起就擅長打彈弓，打爆過幾十個路燈，小時候我總是騎在自行車上做這件事，現在更方便了。我叫了車，定位在小區另一個門口。之後我重新回到那條街上，在那堆輪胎附近，撿到十幾顆還不錯的石頭，直徑超過兩公分的石頭會影響準確度，小於一公分的力度不夠。

在一輛金杯車後，距離足療店的燈光招牌大概有二十幾米的地方，我躲在那兒，數著手裡的石頭。

最初，第四顆石頭才打爆了一個燈泡，七個字只滅了一個，但裡面沒有人發現。接著，打掉第二個字之後，有一顆石頭射偏，撞到了他們的玻璃門上，那個看錶的中年男人走出來，我躲在車後，透過玻璃看著。

他四下看看，根本沒想抬起頭看一看他們的招牌。

第三個字一滅，他們整個招牌都滅了，不知道是因為短路還是什麼。中年男人跑出來看，他回頭喊著足療店裡的人。波浪卷和短髮女孩也都走了出來，短髮女孩手裡還拿著拖把，他們抬起頭，又四下看。中年男人從地上撿起兩顆小石頭。

這時，我的手機響了，是已經等得不耐煩的司機。我沒有想到招牌比路燈還要費時那麼多。他們聽到手機聲，其實離著二十米應該聽不到，但夜晚，這片小區實在太安靜了。他們看向這裡，我接起電話，捂著話筒說我馬上到。在足療店的人朝金杯車走過來時，我開始往小區的另一個門走。

「是你嗎？」那個中年男人說。

「什麼？」我說。

「你砸了我們的招牌？」波浪卷女人疑惑地問我。

我沒說話，繼續朝遠處走。

之後，這家足療店裡一共出來了三個男人和五六個女人。他們追上我以後，我被按在地上打。

就在一週以前，我在三里屯的蘭桂坊對面，看到十幾個穿著紅色店服的男人，他們舉著椅子砸著三個來喝酒的人。後來躺在地上的人站了起來，開始打電話。我想等等看，他到底能叫多少個人來，如果來三十個人就會好看了。但過了會兒，三個被打的人就消失不見了，我沒有看見他們離開的身影。他們大概是蹲在地上的時候就消失無影了，因為他們想在那兒消失。

我搬家的錢被足療店擄走一半，整個過程裡我沒有說什麼。那個短髮女孩一直問我為什麼，我說因為太亮了我要睡覺，她說可是你明天不就搬走了嗎？

賠完錢後，我站在門口，想著我能在這個城市叫幾個人來？實際上我可以叫幾塊兒廢鐵來，他們來了，會看著我的傷，帶我去醫院，同時一路上質問我為什麼這麼做。

手機裡有司機的四個未接來電，我打回去。

「我等了二十分鐘，如果你有事不會取消訂單嗎？」司機說。

「你在附近嗎？」

「我已經取消訂單了。」

「那好吧，我再發一遍。」

「操你媽的。」說著他就掛掉了電話。

我用衣服擦了擦手機上沾著的血，根本擦不乾淨。這周圍已經沒有車了，等了五分鐘，還是那輛車接了單。

上車時，司機看到了我半臉的血，他說：「去醫院？」

原本我定位了一家飯館，我想著打完招牌去吃點東西，但其實我一點也不餓。我說：「去之前定位的那兒。」

在路上，他不停地從後視鏡裡瞄我一眼，不知道是不是怕我死在車上。

我打開車窗，血一會兒就乾涸了，刮一下，像雪片般沾在手上。我在一年前出版了第一本書，接著是第二本，同時我拍了部電影。做完這些事之後，我發現沒有任何狀況發生改變。也就是說，那些十幾年前所期待的——雖然我並不知道在期待什麼——都沒有發生，構成我生活的每一部分都原封不動地矗立在這裡。我偶爾會想起在幾歲時，那棟距離我只有二百多米然後轟然倒塌的樓，整條街上的鄰居都驚恐萬狀，從此他們各自搬離，再也沒有碰面。那個在我身邊的比我歲數還要小的女孩一直哭，我說你哭什麼呢？她說我好怕死啊。我說那只是棟樓啊跟你沒有關係。她說這太可怕了。如果現在我再去問那個鄰居女孩，去問她你還恐懼著什麼，她會告訴我什麼呢？所以「這太可怕了」，算是這些事物的答案。這太可怕了，當我吃著每一條魚，當我卑鄙的親人死在病床上，腫脹得像一堆發芽的土豆，或者我和前女友在公路上看到一個偷車賊，他開著那輛賓士撞上護欄，又在空中翻滾了兩圈。我看到了它們，然後，它們太可怕了。

到了魏公村，司機停下車，也許是因為罵過我的緣故，他說：「你真的不去醫院嗎？」

「我已經付款了。」我說。

我去麥當勞洗了臉和胳膊，非常疼，那些傷口已經凝血。

之後我上了樓，來到那個熟悉的樓道，我敲了門，敲到第三次時，我聽到熟悉的數碼鎖齒輪轉動的聲音。

一個非常年輕的男人，是會在足療店需要詢問技師能否摸她的那種男人，他站在門口，透過門縫我看到那個女孩坐在床上，她抱著一個月球燈。

「你是誰？」年輕的男人說。

「這他媽太可怕了。」我說。

「什麼？」他說。

那個女孩，她看到了我，她的表情像是把銼刀。而我其實不知道來到這裡是為了告訴自己什麼。我推開男人，走進去，從她的腦袋上抽出了一把銼刀，這是她所凝聚出來的東西，幾乎為我而設。

一把完美的銼刀，一塊兒廢鐵。

一 海鷗

「那隻白色的是什麼鳥？」于杰站在樹下，含著菸，他嘴唇乾裂，眼眶周圍的黑眼圈像抹了炭。

「海鷗。」韓子辰蹲在地上，他朝不遠處的石頭上看了一眼，一隻白鳥立在那兒，幾乎定在石頭上。

「海鷗？」于杰說。

「我看過畫裡的，就是那樣。」韓子辰站了起來，仔細觀察著那隻白鳥。

「你看過狗屁。海鷗是什麼？你這個狗屁。」于杰笑著說，嘴唇裂開的地方幾乎要冒出血。

「那是什麼鳥？你說。」韓子辰又蹲了下來，他有一雙耷拉的眼睛，像是要耷拉到腳底。

「我他媽不知道。操他媽的我不知道。」于杰從嘴裡吐出去什麼東西，他盯著白鳥。他把菸蒂彈過去，菸蒂在距離白鳥不到一米的位置落了地，向前滾動幾圈，白鳥一動不動。于杰盯了有一會兒，眼睛都不眨，直到乾澀地流出淚水來，滑到嘴角，他舔了一口，又低下頭，用手抹了抹眼睛，說：「操他媽的，這鳥真厲害。」

韓子辰望著街頭另一端。地面冒出的熱氣晃動著遠處的街道，更遠的地方可以看到牙克石草原一條纖薄地延伸出去的綠色，被地平線砍掉，灰綠夾在房屋之間的空隙中。楊萬拎著一個厚布工具包，從熱氣中走過來。他頭髮留到了下巴，打了油。當地用一種豬油兌上石蠟熬在一起，可以抹在頭髮上，只有很少人用。

「你帶了什麼？」當楊萬走過來時，于杰說。

「二十根雷管。」楊萬把包扔在韓子辰腳下。韓子辰忙拎起來，包裡探出導線，他把導線塞了回去。

「從哪兒弄的？」韓子辰仔細扣上包，生怕導線再冒出來。

「家裡一直有。」楊萬頭髮上的油脂沾到他滲出汗的側臉上，上面油光一片。

于杰伸手擦了下嘴唇裂縫裡沁出的血滴，說：「他從石料場偷的。」

「不是。」楊萬說。

「怎麼不是，你一根根塞屁眼裡偷出來的。」于杰說。

「那是你，你能一次都塞進去帶出來。」楊萬朝前走去。韓子辰笑了起來。

此前他們在一家館子喝了兩瓶白酒，太陽把他們烤出了汗和油，他們向著街的另一頭，去往農場。每週三，當輪到于杰休息時，他就會來到鎮上找肉吃。

路過自己家時，于杰對韓子辰說：「去把王玉生叫出來。」

韓子辰把工具包輕輕放在地上，走進巷子裡。然後，比他們小四五歲的高中生王玉生跟著走出來。王玉生沒說什麼，走過來站在于杰身旁，他說：「你媽剛咳嗽了，我去送了倆梨。」

「讓她死。」于杰說。

他們四人繼續走著，再等一會兒，太陽下山後，草原會迅速降溫，到了夜晚會降低二十度。即便白天，脫了衣服，只要風吹過去也會有涼意侵襲。王玉生不知道他們要去做什麼，跟往常一樣，他就是跟著于杰。他的母親跟于杰母親在一個工廠工作，住的房子挨著，他經常可以聽到于杰母親半夜的咳嗽聲，令人厭惡。

他們路過電影院，被雨水侵蝕過的招牌看起來像融化了。然後他們看到了杜小風和包達山。兩人停在電影院門口，望著他們，不知道該進去還是不進。兩人看起來更想馬上離開。

他們走到電影院門口。「去農場玩會兒。」于杰說。

杜小風看了眼包達山，說：「不去了吧，下次吧，今天累。」

「吃屎吃累了？」于杰眯著眼睛打量著他們倆。

「真累，過兩天我去找你們玩。」杜小風說。

楊萬看向電影院，說：「不行，就今天。」

「過兩天我們肯定去，我們帶酒。」包達山說。

「你是誰呢？」于杰看著包達山。

「他是我哥。」杜小風說。

「就是上次你叫他來打孫六沒來的那個？」于杰說。韓子辰在一旁笑了，他蹲在地上，手抓著工具包的提帶。

「我後來去的，沒人了。」包達山急忙說。

「你後來是去撿廢品了吧？」于杰說。

「你欠我們的。」楊萬盯著杜小風。

杜小風和包達山互相看了一眼，說：「走，不看電影了，去農場玩。」

六個人站在馬路中間，他們低著頭，注視著電影院門口地面上散落的票根，雖然沒什麼好看的。于杰領頭走向去往農場的路。

農場的宿舍區有三排房子，最外面是一圈兩米五高度的青磚圍牆。從農場到土路有一公里的碎石路，野草將路面切得七零八落，周圍是大片空曠的土地。土路上偶爾有放牧人騎著馬或駕駛拖拉機過去，踐踏起來的塵土重新落地時，這片區域又會回歸到一片死寂，比石子落入水中擊起的漣漪還要微弱。

傍晚時，他們六人到了宿舍。于杰住在第三排房子的走廊末尾。第一排是公共區域，廚房、食堂，還有一個小講堂。第二排是女寢。

除了韓子辰和楊萬外，于杰所在宿舍還有李東。他們進屋時李東正蜷在床上睡覺，楊萬踹了一腳床，李東摸著頭坐了起來。

于杰從床底下拖出一個紙箱子，裡面排得滿滿的魚罐頭，兩條乾肉，還有一塑料桶白酒。接著，他們開始談論農場除他們以外的那十七個女人，哪個最漂亮。其間于杰一直靠在窗戶邊上抽菸。他習慣靠著某個平面。每年，他都會有三四個月在拘留所，他的背貼著水泥牆，水泥牆連著天花板，天花板連著另一面水泥牆，一扇關閉的金屬門。菸癮發作時他用後腦勺蹭著牆，於是後腦勺上生出一大塊繭子。曾有人說他從後面看很難看，他用鉋子推掉了那個人小臂上一層皮。

晚上十點，塑料桶裡的兩升半白酒已經喝空。王玉生和杜小風出去吐第三次，他們翻出窗戶，沒幾步就貼到了圍牆上，扶著磚，乾嘔的聲音迅速被黑夜和圍牆所吞噬，並且他們無法解釋一種突如其來的危機感，沿著牆壁、窗框，或者他們所能接觸到的任何實物晃蕩過來。杜小風被流動在房子與圍牆之間的冷風吹得鼻子發酸。之後他們搖搖晃晃地翻窗戶進來，看到于杰摸出了一把匕首，扎在桌子上。

韓子辰眼睛裡冒著光，楊萬睥睨著走過來的兩人。他倆是這裡歲數最小的。

「幹點什麼呢？」于杰說。

「你想幹什麼？」楊萬說。

于杰空洞地看著桌子上的空罐頭，灑落的白酒，罐頭的汁水，順著桌沿滴到誰的鞋子裡，還有其他人擦嘴的報紙，這些混在一起，濕漉漉，顏色汙濁可惡。

「想殺人。」于杰說。

韓子辰非常興奮，他耷拉的眼睛向上挑起，扭曲起來，像條死魚。「那來啊。」

包達山扶著杜小風坐下來，說：「我們得回去了，太晚了。」

「我也得走了。」王玉生說。

韓子辰迅捷地拔下匕首，朝著王玉生的臉劃過去，王玉生條件反射地向後靠了下，躲開了會把他嘴唇豁開的一刀。每個人都醉醺醺的，他們什麼都控制不了。王玉生酒醒了一多半，他下意識地摸了摸自己的臉和嘴，確定沒有受傷。他不敢再動彈一下。

「誰走誰死。」于杰看著包達山，包達山迴避著他的對視。

杜小風抬起手，擦了擦在外面受涼流出的鼻涕，說：「你們想怎麼弄？」

楊萬朝門外走去。而李東在桌子上扎著匕首時，就偷偷溜回自己的床上，躺了下來，偽裝醉倒。

「我還沒想好呢。」于杰向後靠過去，後腦勺碰了牆，咚的一聲。「我頭上是不是長瘤子了，怎麼那麼硌？」他低下頭，下巴抵在鎖骨上，嘴唇微微張著，那些裂縫被酒精長期浸泡，翻起了皮。

「你剛說，誰好看來著？」韓子辰問杜小風。

「沒說誰，大部分我都沒見過。」杜小風說。

「不對，你和楊萬都說白潔最好看，你見過她，你說你幫她捎過東西。」韓子辰說。

「是，她最好看。」杜小風直愣愣地看著韓子辰。他們幾人中，韓子辰話最少，他總是習慣性地附和別人，像條必須得貼著大魚的小魚。

「一會兒，就能見著她了。」韓子辰說。

「現在太晚了，都睡覺了。」杜小風不知道該說什麼，他認為今晚又要折騰到後半夜，他必須到土路上攔截某輛拖拉機，在冷風裡回到鎮上。

于杰笑起來，他的腳搭在桌子上，他慢慢抻腳，推著桌子，桌腳在擦出刺耳的尖嘯聲。「睡個屁。」他站起來，走到李東床邊說：「當我沒看見你嗎？」李東沒反應。

于杰抬腿朝李東跺了一腳，整個床都晃起來。「操你媽的。」于杰從旁邊掄起一個板凳，朝著李東的肩膀砸過去。李東疼得咬牙切齒，但不敢動一下。狠狠砸了幾下後，于杰說：「看來是喝多了。」他又暈眩又暴躁，把板凳朝李東頭上扔過去，轉身回去坐著。板凳壓在李東頭上，一動不動。

王玉生瞇起眼睛，手心裡不停冒汗。他還是不知道接下來會怎麼樣，就像此前的十幾年一樣。門被推開時，降溫後的寒意湧進整個屋子，還有一股露水的氣息。楊萬從走廊裡走進來，把一個麻袋扔在地上，他彎腰，捏起麻袋的兩個角，把裡面的東西抖落出來。兩把斧子、菜刀、鑿子，還有一把鐮刀，它們落在地上，疊在一起。一股鐵鏽的味道彌漫開來。包達山一直看向杜小風，可能他們應該走了。

楊萬看向每一個人，兩把斧子分給了他自己和于杰，鐮刀扔到了包達山懷裡，包達山躲著刀刃接過來。韓子辰伸手搶過一把菜刀，在手裡握了握，剩下鑿子留給了杜小風。王玉生以為自己躲過一劫。

于杰看著王玉生，說：「你想要什麼？」

「我什麼也不想要。」王玉生顫巍巍地說。

「那不行。」于杰說。楊萬已經開始用斧子劈一個凳子。

「我跟著你就行。」王玉生說。

「你跟著我有什麼用呢？你跟了我兩年了，有什麼用？」于杰說。

楊萬劈碎了凳子，把有一端尖銳的凳子腿遞給王玉生。

「哈哈哈，走了。」韓子辰跳了起來，跨著步子跑出屋門，其他人陸續站起來。楊萬走到李東床邊，按著板凳，板凳擠壓著李東的腦袋，他輕聲說：「我知道你沒睡，你也別動，不然得死。」

他們來到了走廊。另一頭，走廊入口的煤油燈被風吹得搖晃起來，惶恐的影子在牆壁上四處衝撞，于杰入迷地看著那飄蕩的影子，他想起白天那隻巋然不動的白鳥，會不會是假的呢？

韓子辰站在這層傳達室的門口，在煤油燈下，回頭望著他們。走廊幽暗深邃。于杰加快步子，在傳達室門口停住，敲了門。一分鐘後，五十多歲的看門人王元章，披著衣服開了門，在王元章開口之前，于杰抬起斧子，照著王元章的腦門劈了下去。因為喝了酒，他用力不穩，斧子從王元章額頭上滑走，削下一大層皮，王元章伸手捂著額頭，他不知道自己已經被切掉了什麼。緊接著，于杰再次灌力，將斧子深深鑿進王元章的額頭正中，並斷掉幾根手指。王元章順勢向後倒去，于杰用腳抵著他的下巴，把斧子拔了出來。楊萬與韓子辰從門裡走了進去。

另外三人站在門口，王玉生恐懼地向後靠在了牆上。他們三人矗立在昏沉的走廊裡，定在原地，如同那隻不動的海鷗。

韓子辰握著菜刀，對著剛從床上爬起來的看門人王元章的十歲兒子，連砍十幾刀。小孩伸手阻擋時，小臂的骨頭被劈出一條條裂縫，直到脖子上被切出致命傷。

另一邊，住在這間傳達室的農工孫貴，衣服還沒穿，扒著窗戶想要翻出去，楊萬抓住他的腳踝拖了下來，對著他的脊背，用斧子鑿出三條血槽，斬碎了幾條肋骨。

幾乎沒什麼聲音。他們沒有打翻什麼，金屬碰撞人體的聲音也很小，呼喊聲還未發出就被他們手裡的工具掐斷。

于杰從傳達室門旁的桌子抽屜裡取了鑰匙，並拿走了掛在窗框上的另一把大鎖，他知道一定有其他人帶著大門鑰匙，然後他走出三排宿舍的走廊大門。

韓子辰離開傳達室，他用握著菜刀的手拎住王玉生的後領，王玉生被菜刀碰到時打了一個哆嗦。還在屋裡的楊萬蹲下來，他常年觀察著周遭的一切，那雙單眼皮像被刀子切出來的，露出尖銳的眼睛，總是緩慢地移動著視線，過濾著周遭。順著血流，從正面倒地的王元章，到歪折在床邊的王元章的兒子，最後他觀察著背上三條血槽還在汩汩流出的孫貴。孫貴向前爬，朝著窗戶，他似乎知道自己不可能爬到那兒，也不可能站起來鑽出去。楊萬用斧子的另一頭，彎著腰，伸直了胳膊，像用高爾夫球杆一般敲了孫貴的太陽穴，敲出一個坑。確定他們不可以再動彈後，楊萬走出門，他面無表情地瞄了一眼杜小風和包達山，那兩人靠得很近，然後楊萬與韓子辰一起路過第二間雜物間，又踹開了第三間宿舍的門。此時跟在後面的杜小風與包達山知道自己已經走不了了。

于杰站在農場大門前，把帶出來的鎖扣在大門另一處空缺的鎖眼上，他將整串鑰匙放進褲子口袋裡，除了大門鑰匙外，還有食堂和菜窖的鑰匙，也拴在同一個鐵絲圈上。夜空中的星辰和月亮投下稀薄的一層光，除了露水，還有草根的味道。露水濕潤泥土後，草根的味道就會滲出來。每次于杰搶完東西後，都會大吃大喝，在深夜醉倒在路邊，離他最近的就是大片的草根，它們貼在臉上，混合著冰冷的泥土，一股生澀清香的氣味。

等于杰回到走廊，他看到韓子辰正把菜刀架在王玉生脖子上，王玉生用板凳腿戳進躺在地上的一個農場職工的胸口。旁邊的楊萬，則一下一下地剁著趴在桌子上的另一個職工。包達山的鐮刀上滴著血，那個躺在地上的男人頸部幾乎被切斷。

整個農場的唯一指導員王化忠，終於聽到了聲音，他搭著褂子，站在走廊裡。他的房間在走廊正中間。他喊了起來，問他們不睡覺在幹麼。所有人安靜了。

于杰把斧子背在身後，從第三間宿舍出來，朝走廊中間走去。

老花眼的王化忠在于杰走到距離他兩米處時，才預感到發生了什麼。

楊萬喊：「他要去拿槍了！」

王化忠撲向屋裡的鐵櫃，于杰一斧子嵌進他的後脖頸，奔跑過來的人因為怕王化忠拿到槍都擠進門裡，幾秒鐘內王化忠就被砍得碎裂開來。

于杰打開鐵櫃，取出那把用來驅趕野獸的步槍，又抓了一把子彈塞進口袋，和鑰匙混在一起。二排宿舍住著農場的所有男性，此刻全部倒在地上。伴隨著于杰身上子彈與鑰匙絞來絞去的聲音，他們走出二排宿舍。楊萬留了下來，他帶著杜小風去檢查還有誰沒有斷氣。

他們呼吸著冷空氣，來到第三排的女工宿舍大門前。于杰把槍杵在地上，摸出火柴，火柴一多半被血濡濕，他藉著月光把染紅的火柴傾倒出來，點了根菸。包達山按壓住發抖的手，也在嘴裡咬了一根。韓子辰不停地踱著步子，他緊盯著女工宿舍，看起來莫名興奮，似乎抽菸的于杰令他感到焦急。

抽完一根菸後，于杰帶著他們繞過第三排宿舍，來到位於第一排的食堂隔壁，廚師吳文發和另一個小工住在這裡。韓子辰讓王玉生去敲了門。

于杰站在門口，聽著屋裡的動靜。在韓子辰帶著兩人進去後，傳來銳器砍刺人體的聲音。這時，楊萬帶著杜小風從之前所在的第三排宿舍走過來。

「還差誰？」楊萬說。

「隊長早上回來，就差這一條蛆了。」于杰說。

「幾點了？」楊萬問杜小風。

杜小風在褲子上擦著手裡的血，裝作平靜地說：「不知道。」

「等隊長，等著他。」于杰說。

「女人怎麼辦？」楊萬說。

「關一起，我一會兒把她們弄出來。」于杰說。

「食堂？」楊萬說。

「菜窖，那兒鎖上門不好出來，食堂有窗戶。」于杰說。

「行。」楊萬說。

韓子辰清理完廚師吳文發與小工後，晃著膀子走出來，王玉生已經不那麼緊張。他們似乎適應了。

于杰端著槍，韓子辰踹開了第二排宿舍的頭兩間。

一個女人說：「怎麼了？」

「沒怎麼。」韓子辰說。

「都出來吧。」于杰說。

打開燈以後，她們看到幾個男人身上沾著血。她們開始穿衣服。韓子辰和王玉生又踹開了其他三間宿舍的門，于杰端著槍，他們在每間屋子門口站上十幾秒，韓子辰重複說著一句話：「都出來吧。」

楊萬站在走廊中間，他打量著從宿舍走出來的每一個衣冠不整的女人，並在心中清點著數量。所有女人在走廊裡站成一排，包達山手裡的鐮刀挨著牆，他每晃動一下，都會發出鼓點一樣的聲音。那是他不可控的抖動，但在女人們聽來像是某種提醒。

「少兩個。」楊萬說。

于杰掃視了她們一眼，說：「誰沒出來呢？」

沒人說話，她們靠在一起。

「操他媽的誰還在裡面呢？」于杰吼了一嗓子。

楊萬拎著斧子，在一間屋子門口打量了一眼，又去了第二間屋子。他走了進去，走到一個蓋著被子的床邊，他用斧子輕輕敲了下床板。白潔從被子裡探出頭，她一眼也沒敢看楊萬。她說：「放過我。」

楊萬看著她露出的額頭，用一種走廊裡也可以聽到的音量說：「出去。」

于杰在門口，對走出來的楊萬說：「她不出來嗎？」楊萬沒吱聲，又去了下一個房間。

于杰站在門口，朝房間裡喊：「你出來。」

白潔再次露出頭時，看到的是一把步槍指著她。

楊萬探完最後一間屋子，靠在門框上，說：「還少一個。」

「少誰？」于杰說。

于杰用槍指著劉敏華，她是她們中歲數最大的，二十六歲。

劉敏華看著于杰的腳。六個男人站在她們對面。手裡染成紅色的工具，像兵器一樣陳列在她們面前。

「賀蘭跟隊長去了鎮上。」劉敏華說。

韓子辰哼哼冷笑了一聲。

于杰說：「走吧。」他又對楊萬說：「把李東也弄出來。」

韓子辰取下了掛在兩個門框上的煤油燈，用火柴點了，一個遞給杜小風，一個遞給王玉生。

所有人開始從擁擠的走廊朝外走，他們來到了院子，又順著圍牆，走到了大門口。于杰把鑰匙扔給韓子辰，韓子辰打開大門的兩道鎖。整個院子都可聽到清脆的撞擊聲。大門緩緩打開時，李東從另一側被推入了女人的隊伍裡。

沿著到土路相反的方向，有一條二百米長的小道，兩盞煤油燈點亮了二十幾個人，周圍黑得徹底，來到外面才可看到那層已經漸漸聚攏的、此時還顯得稀薄的霧。女人們抱著肩膀，或者兩三個人緊緊靠在一起。她們走得很慢，除了小道的地面與周圍不同所指向的方位外，看不到其他的任何地標。很快，農場就成了遠處的事物，大門在她們身後淌出微弱的光。

大菜窖裡的黴味厚得像棉被，女人們自覺地走了進去。楊萬解開旁邊捆土豆的麻袋，抽出繩子，把李東捆在柱子上。女人們沒有人敢問一句。之後他們關上了門，煤油燈的光被鐵門阻隔住，黴味在一瞬間如同重新發酵了，凝固在整個黑暗的地窖中。

地面上，他們六人開始往農場移動。風吹動著煤油燈，在王玉生和杜小風手裡搖晃起來。韓子辰看著兩盞搖晃的燈，輕盈地跨著步子。在他們快要抵達大鐵門時，于杰說：「我們把遺書寫了。」

到了農場後，于杰帶著他們來到食堂，把他從傳達室帶出的一疊信紙和一把鉛筆，分給所有人。

他們坐在食堂的長條椅上。

「我沒什麼可寫的。」韓子辰說。

「寫吧，不然沒人知道你。」于杰說。他好像已經醞釀很久，迅速在紙上劃起了字。

王玉生低著頭，像是哭了，他握著筆，歪歪扭扭地留下了自己的名字，就再也寫不出一個字。

杜小風對愣神的包達山說：「寫吧，寫你的東西留給誰，寫現在怎麼回事。」

「沒什麼東西要留給誰，我今天是想去看電影。」包達山說。

于杰人笑起來，連續不停。他說：「你還看電影我操你媽的。」

「那你寫為什麼你今天想看電影。」韓子辰說，他自己一個字沒動。

「行，那我寫吧，寫我為什麼今天想去看電影。」包達山說。于杰和韓子辰笑了起來。杜小風低下頭，呼出長長一口氣。

十幾分鐘後，于杰把筆撂了。一直盯著自己面前白紙的韓子辰，看了眼于杰的遺書，說：

「我抄你一份。」

于杰又笑起來，把紙推過去說：「你們都是他媽的什麼玩意兒。」

韓子辰撇著嘴，開始抄于杰的遺書。

楊萬把自己的遺書寫好，認認真真地疊了起來，壓在他的斧子下面。

之後，于杰帶著王玉生、韓子辰去往倉庫。楊萬帶著杜小風和包達山，開始去每個房間搜刮。

他們不知道自己要搜刮什麼，但找到值錢的東西都會收起來，同時他們知道這已經毫無用處，不過放在身上會讓他們安心一點。他們找了些糧票、錢，還有手鐲。

韓子辰開了倉庫門，裡面放著幾桶柴油、汽油，還有拖拉機發動機和很多鐵架子。于杰讓韓子辰把帶來的二十根雷管拿到第一排的傳達室裡，之後他們每個人從倉庫裡推出一個汽油桶。

推著汽油桶時，于杰說：「媽的，一手油。」

「我剛翻出雙手套。」韓子辰說。

于杰看了眼韓子辰的髒手套。韓子辰說：「用嗎？給你。」

「不用了，我一會兒往你身上擦擦。」于杰說。

「在他身上擦。」韓子辰用下巴指著王玉生。

「油不好洗，別擦我身上。」王玉生累得喘起了氣。

「那血好洗嗎？」韓子辰說。

「都不好洗。」王玉生遲疑了一下，說。

「哈哈哈，他媽的。」于杰笑起來。

三個汽油桶堆在一排屋子的門口。楊萬三個人也走過來。

「尋到什麼寶貝了？」于杰說。

「糧票有不少。」楊萬說。

「什麼時候用呢？」于杰說。

「餓了，去找點東西吃。」楊萬說。

他們來到食堂，各自的遺書還壓在他們的工具下。食堂的廚房裡還剩了些昨天的菜。于杰給爐子點了火，他還燒水溫了饅頭，麵粉的香氣終於把血腥氣蓋下去一點。

吃完後，于杰說：「我們去等羅密歐和朱麗葉。」他們去清洗了臉和手。

天色漸亮，聚起的霧有了形態，擋住草原無盡的地平線。那些露水沿著農場的鐵門流淌下來，又沿著青磚的圍牆凝在他們臉上。他們坐在門口的石頭上，于杰靠在濕潤的牆上抽菸，楊萬則貼著鐵門，凝視著二百米外的菜窖。草原上靜悄悄的，菜窖在霧色裡只露出不清晰的深色塊。于杰把步槍放在自己腳邊，又開始不停地抽菸。

「來來來，咱們玩個遊戲。」韓子辰說。

杜小風和包達山坐在同一塊石頭上，他們一直想離開，但沒有找到機會。

于杰叼著菸，說：「玩什麼？」

「睏了。」楊萬說。

「所以玩玩，提提神，看到那邊那個坑沒？」韓子辰指著五米外的一個十幾公分直徑的坑，「我們扔石頭，砸不中坑的，說一個自己的祕密。」

沒人動。

「閒著也是閒著。」韓子辰說。仍然沒人搭理他。他走到杜小風面前，說：「你倆是不是還想著怎麼跑？宰了那些東西，還想跑，是嗎？」

杜小風和包達山疲憊不堪地倚靠著牆。

韓子辰說：「這就是遺言。」

于杰起身，在自己腳下用槍口畫了條橫線。他把槍放在門柱旁的夾角裡，不注意很難看到。「來，扔吧，我先來。」于杰捏起塊石頭，朝坑裡扔去，石頭在坑裡彈了下，跳了出去。「好，該你了。」他對韓子辰說。

韓子辰來到于杰所畫的線後面，四下尋摸了一眼，撿起塊稍大的石頭。沒有砸中。「我再試一次，這次當練手。」韓子辰說。

「滾你媽的吧。」于杰說。

其他幾個人都站到了線後，他們看著韓子辰。

韓子辰閉著眼睛，想了下說：「我吃過馬糞。」

「好吃嗎？」于杰說。

「像麥麩皮混著石灰。」韓子辰說。

「你吃馬糞幹麼？」王玉生已經在找自己的石頭。

「我爸逼我吃的，我看見他在操我小姨。」韓子辰說，「他就拿著你剛拿的那種鐮刀。」韓子辰冷靜地看著包達山。他擼起袖子，小臂上半圈長長的傷痕，像半條玉環一樣套在他纖細的胳膊上。

「幾歲呢？」于杰說。

「十歲。」韓子辰說。

「硬了沒？」于杰說。

「該下一個了，我說完了。」韓子辰說。

「這是你他媽的遺言？你看見你爸操你小姨，刮了你一刀，這就是你的遺言？」于杰說。

「恨。」韓子辰說。

在韓子辰另一邊的是王玉生，他拿著剛剛仔細排選過的石頭，朝著坑裡扔過去。石頭落在坑裡，沒有彈出來。

「厲害厲害。」于杰說。他又看向包達山。

包達山從身後撿起塊小石頭，他蹲下來。他知道自己怎麼也扔不中，就隨手一丟。果然偏出去許多。

「說吧。」于杰說。
包達山咽了口吐沫，看著杜小風，說：「上次我沒去打孫六。」
「不是去晚了嗎？」杜小風說。
「我想讓你挨打，所以我沒去。」包達山說。
杜小風低著頭，想了會兒，說：「為什麼？」
「我就不想跟你有什麼關係，我看見你就煩，從小就是。」包達山說。
「那你媽逼天天和我在一塊兒？」杜小風抬起頭，看著包達山。
「有意思了。」于杰說。
包達山站了起來說：「我就看看能忍到什麼時候。」
「你是個日本忍者。」韓子辰說。
杜小風說：「我不明白呢。」
「我也不明白。」包達山說，「我從小就煩你，但為什麼還天天跟你在一塊兒，我也不明白，可能我想讓你被打死。」
「你的遺言，就是你希望跟你玩了十幾年的弟弟被打死，是吧？」于杰說。
「我不知道。」包達山說。
于杰對杜小風說：「你扔吧。」
杜小風撿起石頭，朝坑裡扔過去。石頭砸進了坑裡，又高高地彈起。

于杰看著杜小風：「你有什麼要說的嗎？被人希望打死的人。」

「我什麼都不懂，別問我了，我也砸中坑了，什麼都不用說。」杜小風說。

于杰看著楊萬。楊萬手裡一直團著一塊小石頭。他瞄準坑，輕輕丟進去，石頭落到坑一米之外的地方。

楊萬嚅動著嘴唇，說：「去年，我和白潔去搬菜，到了地窖。」楊萬停下來。

「然後呢？」韓子辰說。

「我偷了她的髮卡。」楊萬說。

「然後呢？」韓子辰又問。

「她就走了。」楊萬說。

「然後呢？」韓子辰說。

「我也走了。」楊萬說。

「到底怎麼著？剛才你殺了五個人，現在你說你曾經偷過一個髮卡，你想要怎麼著？你到底想跟我們這些殺人犯說什麼？」于杰說。

「羞恥。」楊萬說。

「現在羞恥？」于杰說。

「從來都羞恥，一直到今天，我不羞恥了——砍的就是幾個肉塊。」楊萬說。

于杰站了起來，說：「又該我了。」他從地上抓了一把石子，連續扔了四五個，每一個石子都能碰到坑裡。

「該你了。」于杰對韓子辰說。

「你天天練。」韓子辰說。

「我沒有祕密，從來沒有，以後也沒有。」于杰說。

「那你說句什麼。」韓子辰說。

「說什麼呢？」于杰說。

「這個遊戲好玩嗎？」韓子辰回頭看了一眼農場，死屍的血估計已經乾涸。

「好玩。那我就告訴你們吧，我們早就該死了，這根本不對，都不對，是吧？你們覺得以後會對嗎？但你們今天碰到我，也不對。」于杰說。

楊萬說：「該誰了？」

韓子辰站定，捏著石子，非常認真而謹慎地擲了出去。石子落於坑外。

「好嘛。」他說，「我想想。」

韓子辰想了會兒。其他人低著頭，也在想著什麼。後來于杰等得不耐煩了，說：「快點兒。」

「我得想想。」韓子辰說。

「你還吃過什麼？」于杰說。王玉生笑了。

這時，楊萬說：「來了。」

他們看向公路的方向。霧中，一匹馬馱著兩個人，正徐徐走來。

「羅密歐和朱麗葉會給我們帶來什麼故事呢？」于杰說。

他們不再湊到一起，而是分散開，安靜地站在鐵門和圍牆前，注視著緩緩走來的那匹馬。

六十歲的放牧員李彥堂騎在前面，三十歲的劉占山坐在後面。他們看清了這兩個人之後，于杰瞄了楊萬一眼，楊萬進了鐵門。

「你們在幹麼呢？」劉占山下了馬，說。

「玩呢。」韓子辰說。

李彥堂下了馬，牽著繩子，韓子辰攔住他。

劉占山看了眼杜小風和包達山，他不認識他們，他說：「他倆是哪個農場的？」

「你們也得來玩，你扔塊石頭，扔不進那個坑裡，就說自己一個祕密。」韓子辰說。

「什麼亂七八糟的。」李彥堂說，「趕緊讓開，我得睡覺呢。」

「你得玩。」于杰說。

「趕緊讓開。」李彥堂說，「你們隊長呢？」

他們僵持著，楊萬從門裡鑽了出來，一手拿著斧子，一手拿著菜刀。

「扔石頭吧。」韓子辰邊說邊遞出去一塊石頭。

李彥堂一把打掉韓子辰手上的石頭。

咔的一聲，楊萬的斧子從李彥堂的腦袋上劈進去。他對杜小風和王玉生說：「拖進去，再補幾刀。」

劉占山想跑，于杰從門柱夾角拿過槍，他瞇著眼睛看著劉占山。劉占山站在原地不再動。

韓子辰遞給劉占山一塊石頭，拉著他站到地上所畫的線後，說：

「扔吧。」

「扔哪兒？」劉占山說。

「朝著坑扔。」韓子辰說。

劉占山攥著石頭，他的手在抖，石頭從指縫裡落下去。韓子辰撿起石頭，放在他手心裡。

「握好，別再掉了。」韓子辰說。

劉占山朝坑裡哆哆嗦嗦地投了下，投偏了。他看著于杰。

「說一個你的祕密。」于杰說。

「什麼？」劉占山說。

沒有人再回答他。

拖完屍體後，王玉生拿著斧子和杜小風從鐵門裡走出來。

「我想不起來。」劉占山說。

「真的嗎？」于杰說。

「想不起來。」劉占山說。

「你得想一個。」于杰說。

「我是不是活不了了？」劉占山說。

「說祕密。」于杰說。

劉占山朝鐵門裡看去，地面上有血，傳達室那兒擺著三個烏黑的汽油桶。他說：「我偷過農場裡的東西。」

「每個人都偷過，這不是祕密。」于杰說。

「那沒有了，我想不起來了。」劉占山說。

「如果有可能，以後的某一天，當你想起現在，就知道自己活得可真虛偽。」于杰說。

于杰看著韓子辰。韓子辰明白了，他從王玉生手裡接過斧子，對著劉占山的後腦勺掄下去。

馬被牽到了院子裡。

他們沒了玩遊戲的興致，掃了掃院子門口的血，繼續坐在門外的石頭上，看著遠處的大霧，等待隊長和賀蘭。

他們一直沒有回來。

接近中午時，一輛拖拉機行駛過來，停在大門口。車上坐著三個男人。

「借點兒柴油。」其中一個男人說。

「沒有柴油了。」于杰說。

「怎麼會呢？我知道這裡有。」男人說。

「已經沒有了。」于杰說。

「叫你們隊長來，我跟他說。」男人說。

「隊長沒回來。」于杰說。

男人回頭衝另外兩個人使了使眼色，他們三個人下了車，走進了大鐵門。六個人從背後跟了過去。

他們死在了倉庫門口。

于杰看著躺在地上的三具屍體，說：「我們的羅密歐和茱麗葉可能私奔了。」

「那些女人怎麼辦？」楊萬說。

「不知道啊。」于杰說。

「都殺了吧。」韓子辰說。

「別管她們了，在菜窖裡礙不著我們。」王玉生說。

「都殺了。」韓子辰看向菜窖的方向。

「殺一部分，留幾個。」楊萬說。

「這樣行。」于杰說。

「跟我們關係好的留下，關係不好的帶出來。」楊萬說。

他們來到了菜窖的大門前。大霧消退後，周圍青翠而壓抑的綠色與天空拼出清晰的線條。他們打開菜窖大門，黴味混了尿騷味，洶湧而來。在七個小時之後，李東仍被捆在柱子上。于杰看著李東，對他說：「沒人給你解繩子。」

李東不確定是不是對他說的，他說：「放了我吧，我沒有惹過你。」

「半天了，都沒人給你解繩子，為什麼呢？」于杰俯視著菜窖裡所有擁簇在一起的女人，她們的面部反出一點光的淺色塊。

「我們現在點名，沒有被叫到的，就出來，我們去研究點事。」于杰說。

杜小風和包達山站在最外層，在他們商量點誰的名字時，杜小風拉扯了下包達山，他們朝農場大門一步一步倒退著。這二百米距離漫長得可怕，他們距離菜窖門口蹲著的四個人越來越遠。當他們一到農場，杜小風率先跨上馬，包達山坐在後面。馬飛奔出去。

聽到馬蹄聲，于杰轉頭，下意識地抬起槍，從口袋裡抓出子彈，瞄著向大路跑去的兩個人，連開三槍。第三槍打中了包達山的後背，在他就要歪倒時，杜小風用一隻胳膊拉住他的肩膀，緊貼住自己。包達山在抵達公路前又替杜小風擋了一槍，摔向路邊。

「一個聰明人。」于杰說。

楊萬給李東鬆了繩子，李東在地上趴了一會兒。八個女人從地窖裡走出來，他們往農場行進。深夜與白天所行走的這兩段路，抽乾了她們臉上的血色。楊萬帶著王玉生，開著拖拉機把包達山的屍體拉了回來。

到了農場後，他們進了食堂。韓了辰守著這些女人。

「你爸已經死了。」于杰對吳秀麗說，「過來。」

于杰帶著吳秀麗去廚師吳文發所住的宿舍。看到吳文發和房間裡滿地的紅色後，吳秀麗走到父親身邊，大哭起來。于杰心滿意足地看著吳秀麗一直哭，之後又帶著她重新回到菜窖。他坐在菜窖裡面，又關上了門，門縫亮出一條線，在潮濕的黑暗中，他開始抽菸。女人們不敢發出任何聲音，他也無法判斷這裡面還有多少人。

楊萬和王玉生開著拖拉機回來，把包達山的屍體拖回院子。兩人來到大食堂，韓子辰端著槍坐在那兒。

「他去哪兒了？」楊萬說。

「菜窖。」韓子辰說。

楊萬對李東說：「你把槍送過去。」李東顫巍巍地從韓子辰手裡接過槍，跑著出了食堂。他跑到鐵門門口，停住了。他看著空洞的草原。他沒有逃走，抱著槍跑回菜窖。

李東走後，楊萬對韓子辰和王玉生說：「我知道你們已經等了一天了，他是個很裝腔作勢的人，現在他不在這裡了。」

楊萬走到女人堆中，抓住白潔的肩膀，把她按到桌子上，他雙手從後面環繞過去，解了她的褲子，一把扯下來。

韓子辰和王玉生也各拉過來一個女人。她們主動脫了衣服，趴在桌子上。

其他女人坐在椅子上，盯著地面，或者伏在桌子上抱住自己的腦袋抽泣。

送完槍後，李東站在菜窖門口。當一大片烏雲飄過，菜窖裡門縫隙透進來的光越來越黯淡。于杰把槍朝後放去，槍把還有一絲光亮的門縫完全擋住。當黑暗徹底來臨時，一個女人終於再也忍受不了，發出撕裂的叫聲。于杰似乎完全聽不到，他手上的一根菸熄滅了，菸蒂在燃燒時所放大的那一星火光也隨之熄滅。他沉浸在這完整的黑暗中，沉浸在人群中開始湧動的、不可控的沉重呼吸聲中，這一切都散發出迷人的味道。那種掌控著所有事物的氣息，近乎催眠的迷醉。

楊萬休息了幾分鐘後，把伏案的另一個女人王鳳提起來，讓她平躺於桌子上。他赤身裸體，看著仍然呆滯著的、趴在桌上的白潔。

「你得看著我。」楊萬對白潔說。白潔轉頭看向他。

「我該跟你說什麼呢？」楊萬說。

當楊萬看到瘦骨嶙峋的王玉生跪在桌子上，頂著腰，他笑了起來。他掰過王鳳的臉，朝向王玉生。

楊萬靠近王鳳的耳朵，輕聲說：「看，猴子。」

後來于杰站起來，打開了菜窖的門，整個地穴瞬間亮了起來。他站在門的正中間，說：「你們可以走了。」

女人們靜止在地窖有一分鐘，之後她們站起來，緩慢地走出地窖，她們伸手擋住眼睛，難以置信地看向于杰。

「你也走吧。」于杰對一旁木然的李東說。

最初，女人們小步走在土路上，又不停回頭望向夾著步槍的于杰，再三確認過什麼後，所有人開始狂奔。摔倒的人迅速爬起來，歇斯底里地朝著公路跑去。她們在無際的草原上踏起的塵土，在空中飄散了很長一段時間，又消散掉。

直至所有人的身影都看不清後，于杰才提著槍，往農場走去。

于杰走進農場時，韓子辰早已穿好了衣服，坐在門口抽菸。于杰進了食堂，他看到了所有赤裸的女人。楊萬坐在白潔身旁，王玉生仍趴在一個女人的身上。

他什麼也沒說，抬起槍。

楊萬胸口中了一槍，王玉生從女人身上推開自己，朝門口跑，于杰快速填了子彈，對著王玉生的頭開了一槍。

楊萬仰面倒在地上，雙腿搭在椅子上。他虛弱地抬起手，指著于杰。

于杰走過去，蹲在楊萬腦袋邊，冷靜地看著他。

「羞恥是種享受，你享受過了嗎？」楊萬說。

「沒有，我享受別的。」于杰說。

「那是假的，這才是真的。」楊萬說。

于杰注視著楊萬，說：「所有都是假的。」

楊萬斷氣之後，于杰對女人們說：「我現在已經說不清楚，你們不能離開這裡了。」她們開始嚎啕大哭並哀求他。于杰叫過站在門口的韓子辰，把槍遞給他，說：「都殺了吧。」這些女人中只有王鳳一直坐在椅子上，一動不動。

于杰抓著王鳳，帶她離開了食堂，來到自己的宿舍。王鳳走過去，坐在了一張床上。于杰指著另一張床說：「那是我的床。」王鳳走到那張床邊，躺下來。于杰把自己的衣服一件件脫下來，放在床邊。

「我後腦勺有一個瘤子，現在越來越大了。」于杰抓住王鳳的手，按在那塊繭子上。他說：「太可怕了。」

王鳳滿眼都是淚水，點了點頭。

韓子辰將食堂裡的女人全部射殺。

之後，于杰放走了王鳳。他和韓子辰站在食堂門口。

他們看著整個農場。過了會兒，于杰開始推一個油桶，來到第三排宿舍，放倒油桶，但油桶歪倒時跟牆壁一起擠到了他的中指，他疼痛地縮回中指。汽油沿著走廊流淌，流向每一間屋子。

他與韓子辰在食堂推倒第二個油桶，汽油覆蓋了地面、皮膚和血。

他們把第三個油桶裡的汽油灑到倉庫和廚房，以及院子裡先前來借柴油的三個人和放牧員的身上。

「我們一會兒開著拖拉機，從牙克石北邊走，去蒙古。」韓子辰說。

「好。」于杰輕蔑地笑了下，說。

「把兩個柴油桶放後面帶著，應該可以跑很遠。」韓子辰說。

「行。」于杰說。

一隻白鳥，站在鐵門上。于杰在檢查拖拉機時就注意到了。

「這是昨天看到的那隻鳥嗎？」于杰說。

「不知道。」

「這是什麼鳥？」

「海鷗。」

「操他媽的海鷗，這裡沒有海鷗。」

「那就不是海鷗，反正都一樣。」

「不一樣，你怎麼能在一個地方看到不存在的東西？這算什麼？」于杰說。

「我們得趕緊走，別等人來了。天黑以前我們得出牙克石。」韓子辰說。

他們抽出菸盒裡的最後兩根，于杰捏著菸嘴，抽了幾口，他突然想起了這一整天唯一沒有做到的事情——昨天下午那隻定在石頭上的白鳥，沒有被他嚇跑。想到這件事，他把菸蒂朝海鷗彈過去，但推油桶時撞傷的手指已經沒有力量。菸嘴沒有飛遠，落在他們身旁不遠的地上，彈起幾個火星，一層稀薄的汽油燃燒起來，火焰順著汽油飛速騰起來。

于杰和韓子辰的褲子著了，他們在疼痛中撲著身上的火，在跑動中被屍體絆倒，倒在汽油裡。像兩個跳躍的東西，在高溫裡彈動。

火焰順流而下，走廊被點燃了，食堂被巨大的湧動的紅色包裹住，而一團團火焰又從窗戶裡向外伸展。地面上赤裸的一具具屍體的皮膚膨脹出氣泡，又爆破，熔化，變成焦黑的一團。

炸藥引燃時，白鳥飛起，所有事物抵達了有雷聲的荒原。

劇本

抵達

人物：
于　杰　三十歲，男性
徐　蓉　二十八歲，女性
李　叢　二十六歲，男性
李沁林　五十二歲，男性
孟　雯　二十九歲，女性
韓子辰　三十三歲，男性
死　人　女性

第一幕

舞臺正中有一間屋子，牆壁像蛋殼一樣薄，正對的牆是一扇大窗戶，外面也是漆黑一片。除了沿著屋子外一平方米的直徑範圍，其他地方都是黑暗的。
屋子正中間有一層簾子。窗下是個小爐子。

（徐蓉躺在地上的睡袋裡，旁邊是她的登山包。）

（門外，于杰背著登山包，拿著手帳，嘗試開門，但打不開。他開始敲門。）

（徐蓉醒了，但並沒有去開門。）

于　杰：請把門打開。我知道屋子裡有人，請打開門。

徐　蓉：你是一個人嗎？

于　杰：一個人。

徐　蓉：我不能打開門。

于　杰：你得打開，這屋子是公用的。你是第一次登山嗎？

徐　蓉：你能去別的地方嗎？

于　杰：我可以從窗戶裡進去，每二十公里只有一個基地，現在天黑了，我去不了下一個基地。

（徐蓉打開了門。于杰進來了。）

于　杰：只有你自己？

徐　蓉：是。

于　杰：你一個人，要徒步一百公里到山下嗎？

徐　蓉：是。

于　杰：好吧，我得休息了，今天太噁心了。

徐　蓉：是，又是噁心的一天。

（女人走回睡袋，拉上簾子。）

于　杰：這裡有些木柴，你怎麼不把爐子點了呢？

徐　蓉：我沒有生火的東西。

于　杰：就是說，你帶的東西也不全？

徐　蓉：現在我帶的是不全的。

于　杰：那你會死在路上的，你太小瞧這片荒原了。

徐　蓉：我準備得很周全，但現在很多東西我沒有。

于　杰：那在哪兒呢？

徐　蓉：在別人身上。

于　杰：你不是一個人？

徐　蓉：他先走了。

于　杰：他把你留在這裡？

徐　蓉：對。

于　杰：一個男人？

徐　蓉：對。

于　杰：為什麼不跟著他？你自己很難走完這段路，也沒有人可以幫助你。

徐　蓉：我沒有辦法。他已經去下個基地了。

于　杰：這樣會暖和點。

（于杰塞了木柴，生了火。）

于　杰：你想烤烤火嗎？

（徐蓉想了想，披著睡袋走到爐子旁，坐了下來。）

于　杰：太冷了。但整個屋子都暖和起來，需要一些時間。

徐　蓉：你經常來這種地方嗎？

于　杰：每年，我有四個月專門登山。

徐　蓉：這有什麼意思呢？那麼冷，外面又什麼都沒有。

（沉默。）

于　杰：那你的生活又有什麼意思呢？

徐　蓉：總是比在這裡強一點。

于　杰：比這裡強在哪兒呢？

徐　蓉：能吃到想吃的東西，可以去安全的地方待著，也可以跟朋友在一起，當然我想留在家裡也可以，就坐在沙發上，坐一整天，有時看看天花板……這些不好嗎？

于　杰：好在哪呢？

徐　蓉：那你在這荒原上，又好在哪呢？

（沉默。）

丁　杰：是啊，這裡並不好，但其他地方，就是我平時在的地方，更不好，令人噁心。

徐　蓉：究竟哪裡噁心了？說得你好像知道更好的事情一樣。

于　杰：那些吃的東西，所謂的安全的地方，你坐在朋友身邊時他們也坐在你身邊，你們可以聊一晚上，第二天就把所有說過的話都吐出來，每一句都是廢話，每一句都跟幾年前一模一樣，連沙發也一樣，你躺在上面，看著天花板，洪水來了，電子信號來了，都來了，所有噁心都來了。

（徐蓉聽著聽著向後退去，貼著牆。）

于　杰：你看，你聽我講到什麼了呢？靠著牆，你覺得我會對你做什麼嗎？

徐　蓉：我只是聽你說話感到不適，你不能看點光明的事物嗎？

于　杰：光明的事物？那你怎麼被一個人留在這兒了？

徐　蓉：我被拋棄了。

于　杰：也許不是拋棄你呢——這是謀殺，把人留在這種地方就是謀殺。

徐　蓉：他才不在乎我的死活，一個人輕鬆上路了。

于　杰：那為什麼又要帶你出來？

徐　蓉：他想讓我們的關係變得更好，但我不知道跟著他來到了什麼地方，我被一塊石頭絆倒了，我們就吵起來，然後他走了。

于　杰：你被絆倒了，吵起來，他走了。你是這麼定義這件事的嗎？

徐　蓉：是的。

于　杰：怎麼可能？你被絆倒了，然後你做了什麼？

徐　蓉：讓他扶我起來。

于　杰：然後呢？

徐　蓉：我哭了，又冷又荒涼，我很難過。

于　杰：就是這樣的，你該待在你剛說的那個沙發上，上面有暖氣片、空調、爐子，有一大堆暖和的東西圍著你。

徐　蓉：我說的不是這件事，而是冷和荒涼令我難過。他認為我在找事情，認為我在無理取鬧。但是，冷和荒涼，這不令人難過嗎？

于　杰：我覺得恰恰相反，熱鬧和人群，才令人頭痛。這不重要，你的難過，跟這裡比起來實在是太小的事情了。

徐　蓉：我知道，但我克制不住。我覺得我們快結束了。

于　杰：你肯定做了什麼，不然他是不會這麼離開的。

徐　蓉：我想不起來了。我能做什麼呢？

于　杰：比如，你對他說，你看起來真卑鄙。

徐　蓉：為什麼？我為什麼要說他卑鄙？

于　杰：因為這沒有錯，我們都很卑鄙，對不對？你不相信嗎？當我們走在街上，並注意到了周遭，店鋪、水泥、人行橫道上的沙發、貧窮，注意到這些，然後就有了一種可鄙的優越感。

徐　蓉：我可沒有這樣。

于　杰：也許是我描述得不對，但是那種優越感，就是作為某種可以考驗別的事物的，卑鄙的優越感。

徐　蓉：這跟我又有什麼關係呢？

于　杰：當然有關係，冷和荒涼讓你感到難過，這也是可鄙的優越感，所以你覺得你被絆倒了，他就該背起你，因為你的感受就是那樣一種優越感。你也肯定對他做了什麼激怒了他。

徐　蓉：我不想再跟你說話了，你太可怕了。

于　杰：哈哈，我也是一個被拋棄的人。她跟著別的男人先行了，沒準就在下一個基地的地板上呢，他們把衣服脫掉，鑽進同一個睡袋裡。

徐　蓉：鑽進同一個睡袋裡？

于　杰：為什麼不呢？

徐　蓉：你把事情往不好的方向想，有什麼好處呢？

于　杰：我想與不想，一切都會發生，這就是我們的關係，也是我周圍所有的關係，一切都朝著不可控的，但又可以預知到的無聊發生著。就像我們在這裡偶遇，不一會兒，我們也會鑽入同一個睡袋裡，這好嗎？這不好，但會發生，就是這樣。

徐　蓉：不可能的，我不是那樣的人。

（于杰靠向窗戶，並推開一條縫，有風聲和雨聲傳進來。）

于　杰：多麼動聽啊。你去休息吧，把簾子拉上，去睡袋裡好好休息。然後在二十分鐘內，仔細聆聽我的動靜，判斷我是否會過去強暴你，二十分鐘過後你再睡過去，不過任何一點動靜都會讓你驚醒。快去睡吧，但我一定會比你先睡著的。

（徐蓉回到屋子左邊，拉上了簾子，鑽入了睡袋。）

（于杰靠在牆上，蓋上睡袋。）

徐　蓉：可以關上窗戶嗎？

徐　蓉：真的太吵了，我有神經衰弱。

徐　蓉：能把窗戶關上嗎？太吵了。

（于杰一直沒有反應，他睡了過去。）

徐　蓉：我不相信你睡著了，不能把窗戶關上嗎？這太吵了！

于　杰：我為什麼要替你關上窗戶？

徐　蓉：你離得比較近。

于　杰：但是我不需要關上窗戶，是你想關窗戶，為什麼不自己關？

（徐蓉鑽出睡袋，走過去，用力關了窗戶。）

徐　蓉：你可能搞不明白為什麼你會被女人所拋棄。

于　杰：那你又搞明白了嗎？小可愛？小可憐？

徐　蓉：我有什麼不明白的呢？我是他生活裡的累贅，到這裡，就更明顯不過了。

于　杰：哈哈，你把窗戶弄壞了。

（徐蓉想再關上窗戶，但那條縫隙怎麼也關不上。）

徐　蓉：真的關不上了。

于　杰：火滅之後，我們沒準會被凍死。

（徐蓉仍在嘗試關窗戶。）

于　杰：人們總是對徒勞的事情傾盡全力。

徐　蓉：看看吧，我關上了。

于　杰：那怎麼還可以聽到風聲呢？

徐　蓉：我關上了一部分。
于　杰：關上了哪一部分？
徐　蓉：窗戶啊。
于　杰：不可能，你關不上了，這窗戶壞掉了，你最開始時使了太大的力氣。
徐　蓉：只能這樣了。
于　杰：對，只能這樣了，犯了某個錯誤，只能這樣了。
徐　蓉：你對一切都有意見？
于　杰：並不是，我沒有意見，我不能說出自己的看法嗎？
徐　蓉：這裡有誰想聽你的看法嗎？
于　杰：我覺得你的腿一定非常細，像兩截藕。
（徐蓉朝後退了兩步，她盯著于杰看，但又坐了下來。）
于　杰：這個想法是你想聽的嗎？
徐　蓉：並不是，我想聽聽你是怎麼被拋棄的，怎麼被一個女人拋棄——她有二十六歲嗎？還是二十歲？或者十五歲？
于　杰：我們有一個隊伍，我看出她跟副隊長之前認識，但她沒有告訴過我。我問她，她又撒謊了，我看出了很有意思的事情，但現在不能說。總之這個隊伍拋棄了我。我倒覺得沒什麼，以前我經常跑步，習慣一個人行走。

徐　蓉：這是真的嗎？

于　杰：可能是真的。

徐　蓉：那哪一部分是假的呢？

于　杰：也許每一部分都是真的，我自己也分辨不清。

徐　蓉：好吧，那我告訴你點別的，我把他殺了，他死在一塊大石頭旁邊。當時他正在用他的鐵鏟挖一個坑讓自己可以上廁所，我從地上撿起鐵鏟，拍了他的腦袋，他死了，現在我要一個人走完這段旅程。

于　杰：任何事在這裡都是可能的，不過我不信——你是為了嚇我吧？

徐　蓉：當然，我想威脅你不要碰我，我的腿很細，但你不要碰我，我不想一天裡殺死兩個人。

于　杰：你太迷人了。

（于杰抱著自己的睡袋，走到簾子後面。）

于　杰：我已經把兩個睡袋拼好了。

徐　蓉：你遠比自己想像中的更邪惡，同時跟周圍的關係也比你想像中的更緊密，是這樣嗎？

黑場

徐　蓉：我們距離目的地還有多遠？

于　杰：不知道什麼時候才能到。

白天

（徐蓉和于杰已經不在。這是白天，周圍更明亮一些，窗外是霧的顏色。）

（李叢和李沁林開門進了這間屋子。李叢放下背包後走向窗戶。）

李　叢：一個該死的把窗戶搞壞了。

（李沁林放下背包，去找木柴生火。）

李沁林：我們待不長，沒關係。

（他們坐下來，喝了水。）

李　叢：那爸爸，這次出行你滿意嗎？

李沁林：現在走了有多少，只是第一站吧？我可說不好。

李　叢：那就目前而言，你滿意嗎？

李沁林：只要不見到你的母親，我都感到很滿意。

李　叢：可是你很少會見到她，你總是跟其他幾個女人在一起。

李沁林：這不妨礙，雖然我要管理很多事情，但我跟她在同一個城市，有時我會遇到她。我得吃點降血壓的藥，我以為這點海拔不會有問題。

李　叢：你沒回答我的問題啊。

李沁林：什麼問題？

李　叢：我要跟你學習，怎麼度過目前的這個階段。我的爺爺自殺了，我的姑姑也自殺了，而你沒有，現在我也面臨這個問題，所以這次我帶你出來，是想學習怎麼度過這個階段。

李沁林：你為什麼想自殺？

李　叢：多年前，我每天打遊戲，後來精力跟不上了，就靠睡覺，我每天睡十幾個小時。再後來，我大腦老化，不能長時間睡眠，我開始喝酒。從清醒到入睡之間需要很多酒，而我酒量越來越大。到現在，也就是現在，每天我會看著一面牆，再也沒有逃避世界的方法了。我只能看著一面牆，一整天。

李沁林：去幫助他人，多做幫助他人的事情，就可以了。

李　叢：你都幫助過誰呢？

李沁林：我資助了很多人完成他們的學業，修繕了很多個學校。

李　叢：那具體幫助的是誰呢？

李沁林：這可真記不住，太多人了，我記不住。

李　叢：一個人名也記不住嗎？

李沁林：實在太多了，我所幫助的人。

李　叢：既然一個人都記不住，你怎麼知道你幫助了那些個體呢？你怎麼知道他們面對的是什麼呢？

李沁林：你不是想知道怎麼在三十四五歲時不去死嗎？我告訴你了。

李　叢：這對我沒有用，因為你在所謂幫助他人的時候，我一個人在日本生活，每週末打兩份工，住在雞蛋大小的屋子裡。

李沁林：我不希望你成為軟弱的人。

李　叢：什麼是軟弱的人？

李沁林：依賴他人，優柔寡斷，不能夠獨立。你的母親就是。

李　叢：我不認為她是軟弱的人。

李沁林：我與她生活的時間比你長。

李　叢：那可未必。我覺得依賴假象才是軟弱，比如幫助他人，但不知道幫助的究竟是誰，幫助了一個概念，達成了一個概念。

李沁林：你在教育我？

李　叢：你知道弒父嗎？

李沁林：什麼？

李　叢：你知道嗎？

李沁林：什麼？

李　叢：弒父，就是弒父，你知道嗎？

李沁林：我不明白。

（李叢站起來，他拿起自己的登山杖，走到那塊簾布旁，開始擊打簾布。）

李　叢：就是我們每到一個地方，最先決定要做的事情。我的母親站在山頂上，我拉著她的手，站在一旁，我長出羽毛，飛入山谷，那些在夢裡才出現的沼澤，在樹冠之上築巢的飛鳥，通通在這裡。一個深受抑鬱症折磨的中年女人，她的手快要腐爛了，她的兒子翅膀碩大，迎接所有的冰雪。終於，我抵達了這裡。有一瞬間我覺得這一切太可憐了，爸爸，我是如何帶著你來到這片荒原上的呢？我是怎麼在第一個基地就再也克制不住了呢？是孤獨嗎？還是更龐大的難以忍受的東西？比如現在，你看這地板，人們在這裡休息，但不知道外面正發生著什麼，我們來到這裡休息，也不知道即將發生什麼。然而在某種預示下，就是此刻，還是可以感覺到的。你感覺到什麼了嗎？

李沁林：你想讓我感覺到什麼呢？

李　叢：我不知道。豬群踐踏著高樓大廈，沿著河邊走來，順著下水道匯合的頭髮堵塞著出口，而你，你是自由的嗎，爸爸？

李沁林：沒有人是自由的。

李　叢：那我承受著你所營造的不自由，對嗎？

李沁林：我不該來這裡。

李　叢：這太晚了。我再問一遍，每個人到達一個地方，最先確立的是弒父，那麼你知道弒父嗎？

李沁林：可笑。我不是你爸爸。

李　叢：那你又是誰呢？

李沁林：你問我是誰？

李　叢：對啊，既然不是我爸爸，那你是誰呢？

李沁林：我他媽是你兒子，可以嗎？

李　叢：這裡使人發瘋，也解釋不了。但我可沒有在嘲笑你。

（李沁林站起來，笑著走向李叢。）

李沁林：我是你的兒子，你是我的父親，我得抱著你的腿，或者你背著我，我們在遊樂場裡，這邊是大象，這邊是老虎。

（李沁林指向一邊，又指向另一邊。）

李沁林：牠們被關在籠子裡，多恐怖啊，一個小孩站在籠子旁撒尿。

（指向火爐的位置。）

李沁林：然後我看著你這個智障，多麼羞愧。

李　叢：我在跟你描述一些很真誠的事物，你非要讓我們像兩個神經病一樣對話嗎？

李沁林：我也在跟你真誠地描述一些事物。啊，爸爸，讓我抱著你的腿，我們從一個籠子走到另一個籠子，這裡面全是被囚禁的動物，等我們五十歲了，看到真正的草原，可是連牠們的影子都看不到。這一切是不是很恐怖？

李　叢：好啊，我的兒子，我得告訴你一些事情，你知道弒父嗎？

李沁林：就是人們到了一個地方，最先決定好的事情。

李　叢：對，最先決定好的事情。

李沁林：那麼你要讓我對你做什麼呢？爸爸。

李　叢：我知道，你肯定還有別的詭計，讓我怎麼相信你呢？快看窗外，需要我抱起你來嗎？你可以看到嗎？

（李沁林走到床邊，巴望著窗臺。）

李沁林：讓我看什麼呢？

李　叢：你看一個小丑，踩著一個大皮球，正走過來。那是你的母親，也是我的母親，你看那個大皮球滾動得有多快，比我經歷的這三十多年都要快。她要到了。

李沁林：對，她要到了。

（李叢從窗口後退一步，舉起了登山杖。）

黑場

第二幕

第二間屋子，比上一間小一圈。門被拆掉了。

（韓子辰與孟雯走進這間屋子。）

孟　雯：門在哪兒？

（她領著韓子辰。韓子辰目光呆滯。）

孟　雯：你坐在這裡吧。

（她讓韓子辰坐在火爐旁。）

孟　雯：等我一會兒。

（孟雯繞到房子後面，接著抱著一堆木頭進來。她在韓子辰面前舉起一根木頭。）

孟　雯：這是什麼？知道嗎？太可笑了，我都不知道你怎麼在這片荒原活下來的。你是怎麼來到這裡的呢？但你看起來實在太可愛了。如果我不帶著你，你會死掉吧？我聽說山上隨處可以找到屍體，沒人肯把他們背下來。如果沒人管你，你也會倒在路邊吧。

（孟雯取了餅乾，遞到韓子辰手裡。他接過來吃了。）

孟　雯：你倒是還知道吃東西，那能不能跟我說句話呢？我已經走了一整天了，不對，差不多有一天半了，這是第二個還是第三個基地？離山下還有多遠呢？你原來是知道的吧？我只是知道一點。好了，我該靜一靜，自己待會兒了。

（孟雯找自己的包。）

孟　雯：我沒有打火機，你有嗎？哎，我就不該問的。我要翻你的包了，不會介意吧？

（孟雯從韓子辰背上取下登山包，翻找那些小口袋。）

孟　雯：可能在你身上。

（孟雯把手伸進韓子辰的外衣口袋，然後又伸進褲子口袋。）

孟　雯：這真不太好，不過你確實帶了打火機。

（孟雯生火。）

孟　雯：我收著了，反正你也不需要。

孟　雯：那麼，該做點什麼呢？我很疲憊，但睡不著，我知道的。平時在家裡也是這樣，我知道很累，一切都讓我感覺疲憊，但我躺下來，卻根本睡不著，甚至會更興奮。有時我會爬到那個拋棄我的男人身上，我也不知道想做什麼，但我根本睡不著，我只是惶恐，需要跟人沒有距離，但這可能嗎？我們同所有事物都有距離，比如現在——你聽得懂我在說什麼嗎？

（孟雯掰過韓子辰的臉。）

孟　雯：你是失憶了還是怎麼了？你看起來太不可思議了。即便失憶，也該有所反應吧，但你現在看起來就像個痴呆，你經歷了什麼？為什麼來到這裡？

（孟雯親了韓子辰的臉一下。）

孟　雯：這會讓我好受點，不要介意。

（孟雯推開了韓子辰，沉默。）

孟　雯：知道嗎？你就像我擺在床頭的熊。兩歲的時候我有一個布偶熊，在我念完大學後就找不到了，我帶去了學校，但找不到了。現在我已經畢業七年了，我有過很多男人，但他們都沒有那隻熊給我的感覺要好，現在你就像那隻熊。

（她又嘗試去觸碰韓子辰。）

孟　雯：太可憐了，我不想再碰你了，你離開這兒吧，這讓我感覺自己很可憐，你離開這裡吧。

（她又靠過去，抱住了韓子辰。）

孟　雯：沒有人知道我需要什麼，我自己也不知道。但現在就很好，我需要抱著一隻熊，就像你。

（沉默。）

孟　雯：一個人太可怕了。我跟那隻熊——現在是你——在一起時，就不會是一個人了吧，一個人是怎麼樣的可怕呢？你得靠近所有事物，不計後果地靠近他們，你根本不知道會發生什麼，冒著那麼大的風險去靠近他們，但這不會持續太長時間，對嗎？不會的，只能維持一小會兒，如果你能一直這樣，也許會持續更長時間，但這是不可能的吧，說不定一會兒你就突然能說話了，你突然看著我，也許破口大罵，說不定呢，現在你能聽見我說的所有話。我不停地說，太可憐了，我怕這裡，這間屋子沒有門，外面除了大霧什麼也沒有，草地是濕的，太冷了。

（孟雯又抱緊了韓子辰。）

孟　雯：我被拋棄了，被拋棄了，我不知道能不能活下來，如果不是在荒原上，也許我能繼續工作，回去畫我的衣服圖紙，我做過很多衣服。天哪，可是它們看起來是那麼平庸，但是很多人來買，我想做點自己喜歡的東西，可是不會受歡迎的。平庸的事物令人喜愛，因為它們不真誠，很安全，是這樣的嗎？不過即便我不做這些平庸的設計，我也做不出別的什麼來。我每天跟所有人誇誇其談，有時候，我在心裡對他們不屑一顧，嘲諷他們，當然不會那麼明顯，我必須這樣是不是？其他人也這樣，我們都知道自己在做著什麼樣的事情，但必須要對其他人不屑一顧，這樣會感覺好一點。是為什麼呢？

（孟雯看向韓子辰。）

孟　雯：你居然還是一點反應也沒有，我在講著令自己不齒的事情，我很怕給別人花錢，我不想在乎這件事但我做不到。

（她又推開了韓子辰。）

孟　雯：你太令人厭惡了。

（孟雯挪到離韓子辰兩米的位置。）

孟　雯：這樣吧，我來教你重新認識這一切，好不好？

（她拿過一個打火機，舉起來。）

孟　雯：這是一個打火機，它可以讓別的東西燃燒起來，但它不能一直這樣。打火機，認識了嗎？

（她抓起一件衣服。）

孟　雯：這是衣服，你也穿著，我也穿著，可以保暖，也可以藏住很多東西，藏住我們自己，知道嗎？

（她又靠向了韓子辰，抓起他的手，放在自己臉上。）

孟　雯：這是我，一個人，沒有什麼用，就是一個人而已，你也是，認識了嗎？

（沉默。）

孟　雯：我根本不會教別人，我不是一個好老師，不知道怎麼樣讓你知道什麼是什麼。還不如小時候呢，那時候我教我的熊認識周圍所有的東西——多麼危險啊，每一件東西都能傷害我。

（沉默。）

（李叢已經走到門口，聽到說話聲後，他沒有立即進去，他站在那個空蕩的門口，躲在牆的一側。）

孟　雯：你身上有美好的事情嗎？我曾經去過吳哥窟，那些石頭上都長著深綠色的苔斑，那是一片廢墟，我在裡面迷路了。那些石頭很古老，原來它們是宮殿，現在就是一片廢墟，裡面沒有人，我找不到出口，也不知道怎麼進來的，後來我坐在一塊石頭上，我可以看到一棵百米高的樹，我坐在那裡，那麼安靜，我不知道自己想起了什麼，但有一瞬間，我覺得自己好像在任何地方，你不會明白那種感覺，那麼神奇。那一瞬間我覺得美好極了，那是我唯一感到自由的時刻。以前，我從未感受過自由，即便我能做很多事情，但總被一種從我自身生長出來的藤蔓拉扯著，它們把我拉扯向這兒，我就到了這兒；拉扯向那兒，我就到了那兒。我不知道那些藤蔓是怎麼生長出來的，但活著一點也不自由，不是嗎？既然知道，那麼還去追求這些東西幹麼呢？但自由是存在的，就在那個瞬間，我迷路在廢墟裡，我自由了，一小會兒。雖然只有一小會兒，但我永遠不會遺忘。

孟　雯：陌生人，我想愛你，愛很久很久。

（她再次抱著韓子辰。）

韓子辰：閉嘴吧，醜女人。

（孟雯吃驚地望著韓子辰，但韓子辰仍呆坐在那兒。）

孟　雯：你剛說了什麼嗎？

（她看著韓子辰，繼而開始哭泣。）

（沉默。）

（李叢走了進來，孟雯停止哭泣。）

李　叢：門去哪兒了？這個基地為什麼沒有門？

孟　雯：我不知道，來的時候就是這樣了。

（李叢走到一個牆邊，放下登山包。）

李　叢：他怎麼了？

孟　雯：他失憶了，也許更嚴重。

李　叢：他是你什麼人？

孟　雯：我在外面遇到他，他坐在那兒一動不動，我說話他也聽不到。

李　叢：然後你就帶著他？

孟　雯：對，不然他會死掉。

李　叢：那可未必，他會照顧好自己的。

孟　雯：他現在沒有任何反應，也不能講話。

李　叢：沒準過一會兒就好了呢。

孟　雯：已經過去很久了。

李　叢：那就是說，你一個人來爬那座山的？

孟　雯：最開始不是。你呢？

李　叢：我？一個人，我都是一個人出行。
孟　雯：這樣不是很危險嗎？
李　叢：那別的事呢？難道不危險嗎？

（沉默。）

李　叢：這間破屋子太冷了，這算什麼他媽的基地，連門都被拆了，準是被哪幾個人渣劈了當柴燒了。
孟　雯：你可以離火爐近點。
李　叢：我不想離那個怪物很近。
孟　雯：他不是怪物，是一個人。
李　叢：我覺得不是，他能走到這裡，但又是那副痴呆樣，不是怪物是什麼——還是一直在裝樣子？
孟　雯：他可能受到巨大的創傷，可能被人襲擊了。
李　叢：有這麼巧合嗎？被人襲擊得恰到好處，能走路，卻沒什麼反應，這麼巧合嗎？
孟　雯：我也不清楚，但我帶著他走了很遠的路。
李叢：你連自己都應付不過來吧？常年登山的女人可不是你這個膚色的。
孟　雯：總不能置之不理。

李　叢：說得好，好人。兩個好人，你是一個好人，他也是一個好人。

孟　雯：我一會兒就帶他繼續往前走，這個基地好像不能過夜。

李　叢：你確定會帶著他走吧？那我打算在這裡過夜。土坑我也睡過。

孟　雯：我們再待一會兒就走。

李　叢：太好了。

（孟雯看到李叢登山杖上的血。）

孟　雯：你被野獸襲擊了嗎？

李　叢：怎麼了？

孟　雯：你的手杖上有血。

李　叢：該死，操。

（他開始擦拭登山杖。）

李　叢：我看到一頭死鹿，就戳了戳，牠好像剛死不久，被剝了皮。

孟　雯：這裡有偷獵的人？

李　叢：哪裡都有，但我不覺得他們有錯。

孟　雯：可是他們那麼殘忍，殺掉本來就快消失的動物。

（李叢看向孟雯。）

李　叢：你在說真的嗎？

孟　雯：是啊，我覺得很殘忍。

李　叢：你是從那種地方來的吧，當你參加社交活動，一定有個蠢女人，她的脖子上圍著一種動物，身上穿著另一種動物，很多人看著她，然後她走進了一輛底盤只有一公分高的車裡。你想的也是這些嗎？你覺得她殘忍嗎？

孟　雯：這不一樣。她未必知道。

李　叢：她知道的，所有人都知道，但所有人都是瞎的，就跟你旁邊這個弱智一樣，他也是瞎的。不想看到的就裝作看不到。

孟　雯：他不是瞎子。

李　叢：這就是種比喻，哈，我在說什麼啊。你不知道世界如何運轉的，對吧？

孟　雯：我覺得我知道。

李　叢：你覺得你知道，但你怎麼會知道呢？知道的話，就不會輕易帶一個在荒原裡坐著的男人一直走，你知道他是什麼嗎？

孟　雯：我覺得你更危險，他看起來很安靜。

李　叢：多好啊，他看起來很安靜。我很危險，比你想像的還要危險，你倒是說對了。

（孟雯靠向韓子辰。）

韓子辰（輕聲說）：滾開點兒，醜女人。

（李叢低頭，似乎笑了。孟雯看向韓子辰。）

孟　雯：你聽到他說話了嗎？

李　叢：什麼？

孟　雯：他剛才好像說了什麼。

李　叢：沒有，我沒聽到。

孟　雯：真的嗎？我好像聽到他說話了。

李　叢：女性很脆弱，在未知的環境裡會有幻覺，誰讓你們直覺那麼敏銳呢。

孟　雯：好吧。我希望我什麼都沒有聽到。

李　叢：你聽到什麼了？

孟　雯：沒什麼。

李　叢：你一定聽到了吧，哪怕是幻聽——聽到什麼了呢？

孟　雯：我，聽到他說話了。

李　叢：說什麼了？

孟　雯：這太恐怖了。

（孟雯抱起自己。）

李　叢：沒什麼恐怖的，你到底聽到什麼了？

孟　雯：他說，他感激我。

（沉默。）

（一個匍匐前行的女人，正在從舞臺右側向左側爬，她前行得很費勁，衣衫襤褸，很慢。她爬進了這間房子的門。孟雯和李叢看著這個女人。）

孟　雯：你怎麼了？需要幫助嗎？

李　叢：這是誰呢？

（孟雯想站起來，李叢抬起手，制止了孟雯。）

李　叢：她好像不是要來這裡，她看都不看我們一眼。

孟　雯：她也許需要幫助。

李　叢：那是你以為的。你旁邊那個男人像雕塑一樣坐在荒原裡，你怎麼知道他真的需要幫助呢？你怎麼知道你不是多此一舉呢？

孟　雯：應該活著回到自己原來的生活裡吧。

（李叢笑了起來。）

李　叢：這是我今年聽到最可笑的話了。

孟　雯：哪裡可笑了？

李　叢：哪裡都可笑。太自負了，世上只有女人有這種自負吧？

孟　雯：你才可笑。你很冷血。

李　叢：你說反了，我一點都不冷血。

（女人爬到了房子裡面，繼續向左側的門爬。）

孟　雯：她多麼痛苦啊。

李　叢：是啊，她多麼痛苦啊。

孟　雯：她好像在掙扎。

李　叢：她在掙扎。

孟　雯：那麼艱難。

李　叢：對，非常艱難，她每攀爬一步都非常艱難。

孟　雯：她的臉好像腐爛了，是嗎？

李　叢：好像是，她的手也腐爛了。

孟　雯：那她是什麼呢？

李　叢：她是一個爬行過我們面前的人。

孟　雯：那是什麼呢？一個母親？一個什麼人的妻子？她活了多久？她要爬到哪裡呢？

李　叢：你可以問她啊，但我建議你不要碰她，如果你擋著她的路了，誰知道她會做什麼。

孟　雯：您要去哪兒呢？您怎麼到這兒的？

（女人繼續爬。舞臺沉默。）

李　叢：她好像不想回答你呢。

孟　雯：那我現在怎麼辦？靠近她再說嗎？

李　叢：我覺得還是算了，你好像連自己都搞不明白吧，即便知道她要怎麼樣，跟你又有什麼關係呢？

孟　雯：但她，看起來多麼痛苦啊。

李　叢：那你呢？你很快樂嗎？

孟　雯：這跟我沒關係，我不想看到那麼痛苦的人。

李　叢：那你可以閉上眼睛，像你旁邊坐著的那個男人一樣，選擇閉上自己的狗眼，閉上自己的狗嘴，閉上所有，如果能看到多一點就繼續看，看不到就去死。

孟　雯：你比我想像中還要冷酷。

李　叢：那是你瞭解得太少了。如果你走過去，扶起她來，而你知道代價是，你將會變成跟她同樣的東西，你會怎麼做？

孟　雯：這不一定。

李　叢：好了，我已經說得夠明白了，你去扶起她來，把她扶到火爐旁，我一秒鐘就會離開這裡。到時候，你可以繼續擁抱著一個不會說話的男人，然後照顧著一個腐爛的女人，這會讓你滿足，對嗎？你會滿足的吧？

孟　雯：我只是想幫助她。

李　叢：看著你這虛偽的善心，我真想扒開你的褲子，插進你的陰道，我現在真的非常想，那也會讓我滿足。你說，究竟是幫助這兩個不知道什麼玩意兒的東西讓你滿足，還是我進入你的身體讓你滿足呢？

孟　雯：你真噁心！快閉嘴吧！

（韓子辰發出狂笑聲。）

韓子辰：哈哈哈哈哈……

（韓子辰瘋狂的笑聲一直延續著。女人繼續爬著，爬出了門，爬出了這個房間。）

（伴隨著韓子辰瘋狂的笑聲。）

黑場

第三幕

這是第三個基地，房間比之前的更小，寬度已經到了五米。門和窗戶都沒了。

（于杰和徐蓉舉著燈走進這間屋子。）

于　杰：不但門沒有了，連窗戶也沒有了。

徐　蓉：我覺得有點擠。這裡能住幾個人呢？這算是一個基地嗎？

于　杰：不知道怎麼回事，不過我們離目的地越來越近了。你現在感覺好些了嗎？

徐　蓉：我的頭還是有點痛。

于　杰：海拔沒有升高，這只是一片荒原，你為什麼會頭痛？

徐　蓉：可能因為太冷了吧。

于　杰：我們得在這麼一間破屋子裡過夜，難以置信。這樣的一間屋子。

徐　蓉：繼續往前走呢？下一個基地不會是這樣的吧？

于　杰：現在天黑了，不可能走到下一個基地，會在半途中，再也走不動，躺在地上，到時候連這幾塊牆皮都沒有。

徐　蓉：你覺得還會有人來嗎？

于　杰：不會了，這屋子太小了。

（李叢從右側上了舞臺。）

徐　蓉：那就還好，只有兩個人的話。

于　杰：對，只有兩個人就還好。你想靠我近一點嗎？

徐　蓉：好，這樣會暖和點。周圍沒有木柴了對吧？

（李叢走了進來。）

李　叢：對，沒有了。

（沉默。）

徐　蓉：您是誰呢？

李　叢：我是來留宿的人啊。

徐　蓉：可是這間屋子太小了，三個人會很擠。

李　叢：那又怎樣？讓我走嗎，去外面凍死？

于　杰：你說話注意點，她不是那個意思，只是這個基地確實很小。

李　叢：我說的哪裡不對？她不是想讓我去下個基地嗎？但是現在出發，不就死在路上了，你們不會都不知道吧？

徐　蓉：好了好了，我們分一下地方，熬過這一夜吧。

（他們在這間小屋的中間擺了條登山繩。李叢去了房子的右邊，于杰和徐蓉在左邊。）

徐　蓉：不要把睡袋拼在一起了。

于　杰：怎麼了？

徐　蓉：房間裡有其他人。

于　杰：那又怎樣？

徐　蓉：這樣不好。

于　杰：又來了。好，就照你的意思，我去靠著牆。

（李叢看著他們兩人。）

李　叢：你們剛認識吧？

（沉默。）

李　叢：我總是比別人晚來一步，然後就會看到一些極其愚蠢的東西。

于　杰：比如什麼呢？你這個小矮子。

李　叢：比如你們兩個人，我好像知道你們是誰。

于　杰：你知道我們？我沒有見過你。

李　叢：沒見過我，不代表我不知道你們。

于　杰：那，我們是誰呢？

（李叢躺了下去。徐蓉坐得很直，一直看著李叢。）

于　杰：你躺下吧，我們趕緊入睡，明天早上出發。

（李叢笑了起來。）

丁　杰：你笑什麼？
李　叢：我不能笑嗎？
于　杰：你笑得有問題。
李　叢：那也是我的事情，笑不笑是我的事情。
徐　蓉：安靜點吧，每個人在這種地方都會恐慌。
于　杰：不要怕。
徐　蓉：不是怕，就是會恐慌，這也沒什麼辦法。

（李叢又笑了起來。）

于　杰：你是不是想搞事情？
李　叢：我有礙著你們嗎？
于　杰：你讓她害怕了。
李　叢：那我該怎麼著？送給她一個娃娃，讓她開心點？
于　杰：如果我們都安靜點，互相尊重點，這一晚上很快就會過去。
李　叢：好的，好的。

（李叢看了眼手錶。）

李　叢：很快，這一夜很快就會過去。

（徐蓉和于杰靠得很近。）

徐　蓉：我們還有多久能到山下？

于　杰：還有最後一個基地，只要過了今晚，就到山腳下了。

徐　蓉：那太好了，我真的不想在這間屋子裡待了。

（他們都關掉了各自的燈。）

（沉默。）

徐　蓉：我們究竟會抵達什麼樣的地方呢？在此之前，你知道那是一座山，還有一個山谷，我們會走到山腳下，然後呢？我們一步一步攀爬，然後呢？這是我們來到這裡所要做的事嗎？我會在山頂，當我到達山頂，那裡有大片的雪，我會連自己的手掌都看不到。到時候，我該做些什麼才能讓自己固定住，不會被吹走，不會跌落到山腳下？

于　杰：不要擔心，明天很快就會到來。十年前，我住的地方，那裡有十幾個吊車，十幾個，它們很快就可以讓一棟樓蓋起來，它們阻擋了你的視線。你原本看到的是空蕩蕩的一切，可是現在什麼都不會看到了。每天都在變化，明天又會到來。

（提著燈的孟雯，領著韓子辰從舞臺右側上來，開始往這間屋子走。）

孟　雯：我們大概是唯一到這個基地的吧？我已經累得要暈過去了。

徐　蓉（小聲地）：又有人來了嗎？

（沉默。）

孟　雯：我真的不想再遇到任何人了，只有我和你就夠了。

徐　蓉（小聲地）：你沒有聽到有人來了嗎？一個女人。

（沉默。李叢發出了很小的笑聲。孟雯和韓子辰進了屋子。孟雯讓韓子辰靠在火爐旁。）

孟　雯：這邊好像躺著一個人。

（躺著的是于杰，但于杰背對著他們。孟雯看不清是誰。）

孟　雯：你躺在這裡吧。

（韓子辰被攙扶著靠在了火爐旁。）

孟　雯：這間屋子太小了。

（徐蓉點了自己的燈。孟雯嚇了一跳。）

徐　蓉：別害怕，我們不過是提前到這裡了。

孟　雯：啊，我終於見到一個能說話的姊姊了。

徐　蓉：屋子很小，不過我們明天就可以走了。

孟　雯：是啊，還有最後一個基地。

徐　蓉：如果不是太晚了，我很想和你聊聊天。

孟　雯：明天也不遲。你是一個人嗎？

徐　蓉：一開始不是，後來又是了，現在又不是了。

（徐蓉推了推于杰。）

徐　蓉：你睡著了？他睡著了。

孟　雯：那就睡吧，我也快要昏倒了。

（李叢笑了起來。）

李　叢：他沒有睡著。你沒有睡著吧，哥們兒？快起來啊。

孟　雯：你在這兒。

李　叢：我能去哪兒呢？

孟　雯：是，只能來這裡。

李　叢：你不希望見到我嗎？

孟　雯：是有點。

徐　蓉：你們認識？

孟　雯：我們在上一個基地遇到的。不認識。

李　叢：是的，她不認識我，但我認識你們。哥們兒，快起來。

徐　蓉：他已經睡著了，為什麼要吵醒他？

李　叢：他不會睡著的，他只不過聽到這個剛進來的人，他在裝睡了。

徐　蓉：他真的睡著了，一路上他都在照顧我，幫我拎包，他比我更疲憊。

李　叢：聽到了沒？他幫她背了好多東西。

孟　雯：那又怎麼樣？我不是非要找誰幫我背東西。

李　叢：我說的可不止這點，不過他既然裝睡，我也沒辦法了，那就趕緊到明天吧，至少明天，哥們兒你躲不過去的。

徐　蓉：他沒什麼要躲的。

（沉默。）

李　叢：我可不知道。

（于杰坐了起來。孟雯看到于杰，吃了一驚。）

（沉默。）

徐　蓉：你們認識嗎？

（沉默。）

徐　蓉：她是拋棄你的那個女人嗎？

（沉默。）

孟　雯：你是這樣說的啊。

（于杰飛速站了起來，朝著李叢跑過來，要打他。他們抱成一團。）

李　叢：別著急，看那邊，看。

（兩人繼續撕扯。李叢因為身材矮小，並不能制伏于杰，被他按在地上。于杰看到了韓子辰，然後他從李叢身上挪開，注視著孟雯。）

于　杰：他是誰？

孟　雯：你在問我嗎？

于　杰：對，在問你。

孟　雯：他是一個不能動的人，我幫助他來到這裡。

于　杰：「只有我和你就夠了」，是這種幫助嗎？

孟　雯：那你呢？

（沉默。）

（于杰回到自己的睡袋。）

徐　蓉：你還是不要待在我這兒了吧。

孟　雯：他得待在你那兒，不然就沒處去了。

徐　蓉：那好啊。來，我們把睡袋拼起來。

（徐蓉開始拼她和于杰的睡袋。）

孟　雯：你們以為我會在乎？

徐　蓉：你當然不在乎了。

孟　雯：對，你們不但把睡袋拼一起，最好在外面脫光衣服再進去——其實前一天你們就已經這樣了，對吧？

徐　蓉：是的，我們前一天就脫光了睡在一個睡袋裡。很溫暖。

孟　雯：好，你們繼續。

徐　蓉：我們會的。

于　杰：我一秒鐘也不想在這裡了。

徐　蓉：那去哪兒呢？

于　杰：我去下一個基地。

徐　蓉：可是會死的啊。

孟　雯：對啊，會死的啊。

于　杰：不一定，我會到下一個基地。這裡就像個糞坑。

（李叢笑了起來。）

于　杰（看向李叢）：不過我走之前，還真是想掐死你。

李　叢：跟我有關係嗎，哥們兒？

于　杰：你從頭看到尾，是不是？

李　叢：這跟我也沒關係，我只是看著，但發生了什麼，不是因為我吧？

于　杰：如果你剛才不多嘴多舌。

李　叢：那就等到早上，你覺得你可以偷偷溜走？躲得過去嗎？

于　杰：你這個下三爛。

李　叢：你繼續說吧，我很喜歡聽別人罵我，因為罵得都對，只有羞辱才是真實的。

于　杰：這間破屋子。

李　叢：朝我發洩，能解決你的問題嗎？

于　杰：沒準殺了你可以。

李　叢：這間屋子裡可不缺殺了人的傢伙。

（孟雯靠向韓子辰，去親吻他。）

于　杰：你離他遠點。

孟　雯：跟你沒關係，我想親他就親他。

韓子辰：滾開點，醜女人。

（他們望向韓子辰。）

孟　雯：你說話了嗎？

于　杰：他當然說了。

孟　雯：他說了什麼？

于　杰：你聽到了。

孟　雯：我得確定我們聽到的是同樣的話。

于　杰：你聽到了，我們聽到的是一樣的。

（徐蓉站了起來。）

徐　蓉：夠了，你們不會聽到的，他早就死了。

（沉默。）

孟　雯：他沒有死，我已經帶著他一路了。

徐　蓉：你知道些什麼呢？他早就死了。

（于杰走到韓子辰旁邊。）

于　杰：他還有呼吸，身體也有溫度。

（徐蓉走到韓子辰旁邊。）

徐　蓉：我來看看你，看看你是否還活著。

孟　雯：你認識他？

徐　蓉：不認識。

孟　雯：你真的不認識他？

于　杰：我想起來了，你好像提到過一個男人。

徐　蓉：對，我提到過，那是為了嚇你的。

于　杰：但真的發生了。

徐　蓉：發生了什麼？

于　杰：不論你是不是為了嚇我，這都是一個受過傷的人。
孟　雯：他受了傷，坐在路邊。
徐　蓉：你喜歡多管閒事。
孟　雯：我嗎？我只是善意的。
于　杰：你是善意的？我要再聽一遍，你說你是善意的？
孟　雯：對，我救了他。
于　杰：除此之外呢？你有沒有在夜晚把他捆起來，像抱著一塊木頭一樣抱著他？
孟　雯：他不需要，他動不了。
于　杰：所以他才能滿足你那些嗜好對嗎？
孟　雯：即便這樣，你就可以把我拋棄在荒原上？
于　杰：即便這樣，我被捆起來了，在家裡你可以這樣做，在這裡，你是想害死我嗎？
孟　雯：你不信任我。
于　杰：這是兩回事。
孟　雯：是一件事，你不信任我。現在被我看到了，你拋棄了我，帶著另一個女人來到了這兒。
于　杰：是她要跟著我，一個女人是不可能自己走到山下的。
徐　蓉：你們兩個人真夠噁心的。我跟著你？是你先湊到我身邊的吧。
于　杰：我不過是幫助你。

徐　蓉：你知道自己在說什麼嗎？現在是為了討好你的未婚妻嗎？

孟　雯：他不需要討好我，如果不是因為你，我們會在上一個基地碰面，他會等我。

徐　蓉：現在你們又湊到一起了，無所顧忌了對不對？

孟　雯：我們本來就是一起的。

徐　蓉：你此刻在想什麼呢？靠羞辱我來蒙混過去，因為我們相處的時間很短，所以不值一提是嗎？

（徐蓉看著于杰。）

于　杰：我有些搞不清楚，但我確實跟你不太熟。

徐　蓉：你當然搞不清楚了，你當然看不清自己是怎樣一種卑鄙的存在。

（孟雯與于杰站到了一起。）

孟　雯：他只是幫助了你，沒必要這麼說。

徐　蓉：需要鑽到我的睡袋裡幫助我？

孟　雯：但你敞開了睡袋。

于　杰：是，她敞開了睡袋，你知道，這沒辦法。
孟　雯：我知道。
（徐蓉驚恐萬狀。）
（李叢笑了起來。）
徐　蓉：那現在，我該帶著他離開了。
（徐蓉指著韓子辰。）
李　叢：卑鄙在我們每一條血管裡蔓延。
于　杰：你又可以說話了，小矮子。
李　叢：你們每天醒來，是否能聽到警報聲？現在，你們聽到警報聲了嗎？
（沉默。）
李　叢：就是每一天醒來，都可以聽到的，像死亡一樣渾厚的聲音，一聲綿長的、巨大的、幾乎可以摧毀你的警報聲。當我站在江邊，那些輪船會發出這種垂死的聲音。可是它們多麼遙遠啊。這令我痛苦。

于　杰：現在你可以旁觀這一切，說些不痛不癢的話了嗎？

徐　蓉：讓他說下去。

李　叢：我厭惡你們，你們仇恨著我。我們擁簇在這裡，我們是一群殺人犯，我們殺了很多人，我們進入他人的腦袋，攪渾了一切，我們還能殺死更多的事物對不對？對不對？

于　杰：只有她是殺人犯。沒準還有你。

李　叢：不，你也是殺人犯。只是你沒意識到，現在就是你將成為殺人犯的時刻。

于　杰：你看起來真像個瘋了。

李　叢：你聽到哭泣的聲音了嗎？大霧的哭泣，我們看不到的。現在我會伸出手，我觸摸著它，你看，它在逃走，但是它哪兒都去不了，它發出哭泣的聲音，它像黎明前最後的破碎聲。

孟　雯：他一直是個可憐的人，不知道經歷了什麼。

李　叢：我經歷了什麼呢？當我被捆在床上，一種可恥的快感流遍我的全身，而我還要裝作拒絕著自己。終於，當我被捆縛在荒原上，就再也面對不了這些了。

（于杰走過去抓起李叢的領子。）

于　杰：你不知道我。

李　叢：我知道，我知道你每一秒在衡量著什麼，屏蔽著自己的無恥。

于　杰：為什麼一定要招惹我？

李　叢：看看你和你的未婚妻剛剛上演的這齣戲碼。你們還有些別的花招是不是，讓自己心安理得地卑鄙下去。

于　杰：你呢，你為什麼會來到這裡？

李　叢：那隻狐狸，沿著冰冷的土地走來，那些白色，那些黑色，我們天花板的顏色，我們行走過的顏色，通通都走了過來。我即將被分解，像被我殺死的人，我被他們分解，我被自己分解，我被夜晚、清晨，被每一個下雨的日子所分解。

于　杰：你像一個瀕死的人，說著誰也聽不懂的話。

李　叢：只有你聽不懂。除非你現在用這雙手掐死我，否則我會繼續說下去，繩子如何纏繞你的手腕，而你此刻又是怎麼站在這裡，在兩個女人中間，彷彿高高在上。

于　杰：我會的，你死在這裡誰也發現不了。

（于杰開始狠狠地掐著李叢的脖子。）

（孟雯走過來，抓著于杰的胳膊。）

（徐蓉看著他們，坐下來，跟韓子辰靠在一起。）

孟　雯：鬆手。鬆開手，不要被他矇騙。

（孟雯拿起鐽子，拍向了于杰。于杰倒了下去。）

孟　雯：我做了什麼？我都做了什麼?!我怕他殺了人再也回不去以前的生活。

李　叢：這是假的，你是怕自己回不去。

孟　雯：我救了你。

李　叢：是救了你們，跟我沒關係。

孟　雯：但我確實救了你，不是嗎？

（在舞臺右側，那個衣衫襤褸的女人正匍匐著前行，她爬進了屋子。）

徐　蓉：她是誰？

孟　雯：一個死人。

徐　蓉：她沒有死，我們應該幫助她。

孟　雯：你又開始享受自己的善意了，像我一樣。但這一路多麼無聊乏味。

徐　蓉：我只是想幫助她。

孟　雯：如果你走過去，就會變得跟她一樣呢？

（沉默。）

孟　雯：我只是隨便一說，你的善意呢？現在你抱著的，是我一直照顧的人。

于　杰：像是對待一個玩具熊一般的照顧。

徐　蓉：但她在掙扎。

孟　雯：對，她在掙扎。

徐　蓉：她那麼痛苦。

孟　雯：是啊，她那麼痛苦。

徐　蓉：我永遠不會知道活著是怎麼回事。她那麼痛苦。

于　杰：你永遠不會知道，但她一直痛苦，也許也只是看起來。

孟　雯：我有沒有別的辦法呢？我不知道。

（韓子辰站了起來，朝著爬行的女人走過去。他趴在地上，像女人一樣爬行在地上。孟雯開始嚎啕大哭。）

于　杰：你哭什麼呢？裝腔作勢嗎？

孟　雯：一切事物都在傷害著我。

于　杰：那你要做什麼呢？

（孟雯走到韓子辰身後，趴在地上往前爬。）

孟　雯：我會以最羞恥的姿態離開這裡。

（他們慢慢地往前爬著。）

（徐蓉站起來，走到孟雯身後，伏在地上。）

李　叢：你呢？你又是因為什麼？

徐　蓉：外面是一片荒原，我來的時候就是這樣，但現在，我聽到尖叫聲，他們都死了，他們死了，我不敢一個人出去，我也不知道要面對的是什麼。

韓子辰：滾遠點，醜女人。

（孟雯繼續哭泣。）

（他們一個接一個地，緩緩爬過舞臺，在他們都消失於舞臺後，只剩下于杰一個人。）

于　杰：可是太陽啊，您高高在上，請饒了我好嗎？請讓另一種東西，一種不痛苦的東西，眷顧眼前好嗎？即便我什麼都不是，我一文不名，但請不要讓我隨時都可以被消解掉好嗎？

（長時間的靜默。）

（于杰拿起鏟子，開始一下一下地砸向自己的頭顱。）

黑場

（重擊聲在迴蕩。）

第四幕

第四間屋子，非常小，只有兩米五的寬度，後面有背景牆，上面是一扇空蕩蕩的窗戶，門和牆壁已經沒了。外面有一圈光亮，以一點五米的直徑圍繞著這間屋子。除此之外一片黑暗。衣衫襤褸的女人趴在屋子外的暗區，一動不動。

（于杰蜷縮在這間小屋子的正中間。）

（李沁林從舞臺右側走上來，來到了這間小屋子。）

李沁林：這是最後一個基地了吧？

（于杰不說話。）

李沁林：小夥子，這間屋子怎麼那麼小？

（于杰不說話。）

李沁林：這裡離山腳還有多遠？明天就可以往山上走了吧？
于　杰：你不要再說話了，你不知道你已經死了嗎？
李沁林：我當然知道。
于　杰：所以就該閉上嘴。
李沁林：那你呢？你又是怎麼回事？
于　杰：我不知道，我都不知道怎麼來到這兒的。
李沁林：你是在路上被凍死的嗎？
于　杰：你還能說得再好玩點嗎？
李沁林：那該怎麼問呢？我兒子把我活活打死了。
于　杰：我可能是被我未婚妻打死了吧。
李沁林：然後我們在這裡，下一步該去哪兒呢？
于　杰：你認為我會知道嗎？安靜點吧，為什麼現在我都死了還要聽一個老頭不停地說話？

（沉默。）

（孟雯領著韓子辰上了舞臺。）

孟　雯：還是得回到這裡，雖然這裡越來越小，也並非安全，但還得回到這裡。
于　杰：哈哈，她帶著痴呆兒來到這裡了。
孟　雯：沒有火爐，沒有木柴，連房頂都沒有了。
李沁林：她聽不到你說話嗎？
于　杰：當然聽不到了，但我們可以看到她，聽到她，這算懲罰吧。
孟　雯：我們終於還是一起來到最後一站了，經歷了那麼多事情。
于　杰：那麼多噁心的事情。
孟　雯：還是來到了這裡。
于　杰：我們去那個角上，我真不願意看到他們。

（于杰和李沁林來到了靠近出口的角落裡坐著。）
（徐蓉和李叢上了舞臺，來到了這間屋子。）

李沁林：啊，那是我兒子。
于　杰：那是我的未婚妻。
徐　蓉：這個基地太小了，即便一個人也顯得太小了。
孟　雯：那你們可以在外面紮帳篷。

李　叢：知道為什麼沒有火爐嗎？人多房間會暖和點。
孟　雯：沒有房頂的屋子也會嗎？
李　叢：好了，我既不想見到你，也不想同你說話。
孟　雯：那所有人就都該閉上嘴。

（房間很小，他們擁擠在一起。）

李沁林：他們為什麼一見面就要吵？
于　杰：他們發生過不愉快的事情。
李沁林：我的兒子，不知道他經歷了什麼。
徐　蓉：這個房子，比我感覺到的還要擠，我覺得每個地方都擠滿了人，比看到的還要多。
孟　雯：你是凍傻了吧？
徐　蓉：好了，我們明天就可以分開了，睡一覺，明天各自開始翻山。

（李叢站了起來，朝著那個衣衫襤褸的女人看去。）

李　叢：我好像看到了什麼。
徐　蓉：那個女人，她又怎麼了？

李　叢：已經凍成冰塊了。
徐　蓉：是啊，太可憐了！再過一會兒，會有大雪。
（李沁林站起來，被于杰拉住，但他掙脫開了。）
（李沁林走到李叢身邊。）
李沁林：你做這一切是為了什麼呢？我的兒子。
（李叢毫無反應，繼續看著那個冰凍的女人。）
于　杰：我說了，沒人可以聽到你，你個蠢貨。
李沁林：你為什麼要帶我到這裡，然後殺掉我？你要達成什麼呢？
于　杰：老頭，你不要再逗我了。
孟　雯：外面是一片荒原，我來的時候就是這樣，但現在，我聽到莫名的叫喊聲，他們死了，他們死了，我不敢出去，我要面對的是什麼呢？
（孟雯對韓子辰說。李沁林走回到那個角落裡，癱坐了下來。）

孟　雯：你是太陽，你是月亮，大地給所有生命溫暖，像烤爐一樣焚化著我們，讓我們消亡。
韓子辰：滾開點，醜女人。
李沁林：那個孩子怎麼了？
于　杰：他被她打成了痴呆兒，只會說這一句話。
李沁林：他在看著我。

（韓子辰看著李沁林和于杰。）

于　杰：哦？他是在看著我們。痴呆兒，你在想什麼呢？

（韓子辰看著于杰，微微笑著。）

孟　雯：他笑了，他有反應了。
李　叢：我根本不關心他怎麼回事。
孟　雯：他真的有反應了。

（李沁林在韓子辰面前站起來。韓子辰盯著他。）

李沁林：你又經歷了什麼呢？孩子。
韓子辰：滾開點，醜女人。
孟　雯：你還是在對我說嗎？你看見了什麼？
李沁林：他們太可憐了。

（李沁林對于杰說。）

于　杰：你又好到哪裡去啊？老頭。被兒子打死，現在憐憫一個痴呆兒嗎？
孟　雯：你看到了什麼呢？
李　叢：黑暗在靠近著我們。
徐　蓉：什麼？
李　叢：黑暗在靠近這間屋子，剛才這片光還能看到這個女人的手，現在已經看不到了，黑暗在慢慢覆蓋這裡。

（于杰走過來，看向那個女人。其他人也走過來，他們一起盯著女人看。）
（光圈在縮小，黑暗進一步吞噬著屋子。）

徐　蓉：我的燈在上一個基地已經耗完了電。
孟　雯：這些基地根本不通電，我的也打不開了。
李　叢：看吧，太好了，過不了一會兒，這裡就會變成漆黑一片。
孟　雯：那又怎麼了？明天就可以看到山了，不是嗎？
徐　蓉：我們下一站會抵達山頂。
孟　雯：其實一路上，我都沒有看到過山。
徐　蓉：這一路，沒有看到山。
孟　雯：我什麼也沒看到，什麼都沒有。
徐　蓉：我們真的可以見到山嗎？
孟　雯：但是即便是黑夜，為什麼也越來越暗？
李　叢：閉嘴吧。我不想聽見我不願意知道的事情。
于　杰：瞧這群蠢貨，這群殺人犯，還想抵達山頂？

（他們重新坐了回去，靜靜等待。）

孟　雯：我很害怕。我們應該做點什麼呢？
徐　蓉：是啊，太可怕了。

于　杰：做你們最擅長的事，脫光了纏在一起，快去吧。

（韓子辰微笑著看向于杰。）

于　杰：看，痴呆兒又朝我笑了。

孟　雯：我們應該靠得近一點。

李　叢：好啊，靠得近一點，太好了，把痴呆兒也帶過來，靠在一起。

（孟雯帶著韓子辰走過來。）

李　叢：我才不想跟你們靠那麼近，一群卑鄙的人。這屋子怎麼他媽的這麼小，我要出去了，這麼等著太讓人受不了了。出去後，沒準能看到我的父親呢，他一定在最黑暗的地方。一群殺人犯，他在最黑暗的地方等著我。

李沁林：我在這裡呢。

（李叢站了起來，走向出口。）

李　叢：再見了，你們這群殺人犯。

徐　蓉：你要去哪兒？會死在外面的。

（李叢走出出口，走進黑暗中。屋子裡的人都看向那個方向。接著，傳來一聲嘶吼。）

徐　蓉：他怎麼了？

孟　雯：他出去了。

徐　蓉：他發生什麼了？

孟　雯：不知道，外面太黑了。

徐　蓉：我該出去看看嗎？

孟　雯：你沒有燈，而且，你根本不認識他吧。

李沁林：我出去看看。

于　杰：你去吧，反正不會死第二回。

（李沁林走出屋子。他開始沿著屋子走三圈，只能在黑暗中看到他影影綽綽的身影。）

徐　蓉：光區又小了，現在屋子裡也開始黑了下來。

孟　雯：不要再說了，屋子裡還有一個痴呆兒，太可怕了。

徐　蓉：痴呆兒？他可是陪了你一路啊。

孟　雯：那又怎麼樣呢？我還是一點也不瞭解他，現在他讓我感到恐懼。
徐　蓉：你才是讓人感到可怕的。
孟　雯：我？我又不會做什麼，但他，我，點也不瞭解。
徐　蓉：他是一個軟弱的人，所以我才受不了。
孟　雯：你做了什麼？
徐　蓉：對，只有你不知道，我用鏟子拍了他。
孟　雯：然後呢？
徐　蓉：然後他變成了痴呆兒，跟了你一路。
孟　雯：一群可怕的人。
徐　蓉：那是你並不瞭解自己。
孟　雯：我不會做出這種事情。
徐　蓉：你與自己沒有想像中那麼親密，你把他捆縛在這荒原上，是想做什麼呢？
孟　雯：我只是看著。
徐　蓉：你看到了什麼？
孟　雯：我只是看著。

（李沁林回來了。）

于　杰：他怎麼了？
李沁林：他掉進了一個洞裡。
于　杰：還活著嗎？
李沁林：還活著。
于　杰：所以，我們現在應該讓他們知道，然後去救他。
李沁林：算了吧，那個洞很深，他們救不上來。
于　杰：那不是你的兒子嗎？
李沁林：是我的兒子，把我殺了的兒子。

（于杰走到韓子辰面前。）

于杰：你要告訴她們，用登山繩去救人。

（韓子辰看著他，沒什麼反應。）

于　杰：告訴她們，去救人。
韓子辰：滾開點，醜女人。

徐　蓉：你又怎麼了？

孟　雯：他只會說這一句話。

于　杰：你個痴呆兒，快點告訴她們，我知道你是裝的。

韓子辰：滾開點，醜女人。

徐　蓉：他看到什麼了？

孟　雯：什麼也沒有。

于　杰：繩子在登山包裡，晚一會兒他會被凍死。

韓子辰：滾開點，醜女人。

孟　雯：夠了，不要再說了。為什麼一個痴呆兒還要傷害別人？

（傳來李叢的叫聲。）

徐　蓉：外面有人。

孟　雯：我聽到了。

徐　蓉：是他嗎？他怎麼了？

孟　雯：你可以去看看。

徐　蓉：但外面太可怕了。

孟　雯：那就裝作聽不到好了。

（繼續傳來李叢的叫聲。）

于　杰：那個洞有多深？

李沁林：如果你現在跟她們一樣，你真的會出去嗎？

（沉默。）

（黑暗進入了屋子，將牆壁隱沒掉了。）

李沁林：我當然想救他了，但這不可能。

（傳來一聲蒼老女人的尖叫聲。）

徐　蓉：這又是誰呢？

孟　雯：是那個已經死去的女人。

徐　蓉：我們已經可以聽到死人發出的聲音了。

孟　雯：對，這間屋子越來越黑。

徐　蓉：現在該做點什麼？

孟　雯：我們只能待在這裡，雖然這裡越來越小，也並不安全，但我們還得回到這裡。

徐　蓉：這太可怕了。

孟　雯：每一瞬間都是。

（女人的尖叫聲，李叢疼痛的呻吟。）

徐　蓉：那外面發生了什麼？

孟　雯：我們聽不到。

徐　蓉：我聽到了。

（黑暗緩緩地向房子內部吞噬。）

（李叢一臉血，他從出口走了進來。）

李　叢：啊，爸爸。

李沁林：你知道發生了什麼嗎？

李　叢：我當然知道。

李沁林：她們聽不到我們。

李　叢：喂，你們在等什麼？

（對徐蓉和孟雯喊。）

李沁林：她們聽不到。

李　叢：果然，我以為會到別的地方。

于　杰：你能到哪兒？

李　叢：你也在這兒，我該想到的。

于　杰：你覺得會到哪兒？

李　叢：我以為會抵達山頂。

于　杰：然後呢？

李　叢：我也不知道。站在山頂，大霧在哭泣，我們看不到的。我會伸出手，我觸摸著它，你看，它在逃走，但是它哪兒都去不了，它發出哭泣的聲音，所有的迷霧。

于　杰：山頂會有霧嗎？
李　叢：我不知道，這一路我從未看到那座山，不論我離得有多近。現在已經夠近的了。
李沁林：我們在山腳下。
李　叢：但還是看不到，也許明天就會看到了。
于　杰：你是怎麼上來的？
李　叢：爬上來的。
于　杰：然後呢？
李　叢：這裡是最後的一束光。
于　杰：越來越小了。
李　叢：是，越來越小了。
于　杰：所以，你為什麼不朝著山去呢？
李　叢：我不知道。但我看到那個女人了。
于　杰：哪一個？
李　叢：那個，一直爬行過我們面前的女人。
于　杰：她是誰？
李　叢：她是你的母親，她正哺乳著你，她垂死著，同時哺乳著你，你罪惡的一切在侵蝕她。
于　杰：你在胡扯。

李　叢：你帶來了兩個女人，但你的母親垂死著，哺乳著你，你聽到了嗎？記住了嗎？

于　杰：我沒想到人死後也可以胡說八道。

李　叢：並不是的，我殺了你們兩個人。你知道弒父嗎？就是你到達一個地方，最先做的事情，你知道嗎？

于　杰：可惜，我已經不能再同你爭執了，這毫無意義，我已經死去了。

李　叢：所以你來到了這個山腳下，一間小屋子。

（屋子裡只剩下直徑一米的光區。徐蓉和孟雯抱在一起，躲在光區裡。）

徐　蓉：究竟發生了什麼呢？

李　叢：我們離近點，去看看活著的人。

（李沁林、于杰、李叢，他們圍繞在徐蓉和孟雯身邊，置身於黑暗中。）

孟　雯：他們在吞噬著我們。

徐　蓉：是什麼呢？

孟　雯：死去的人，恐懼，每日清晨到來的恐懼，在吞噬著我們。

徐　蓉：我只是想抵達一座山頂。

孟　雯：好了，我們就坐在這裡。
徐　蓉：明天會不一樣吧？太陽會升起來吧？
孟　雯：你相信嗎？
李　叢：明天，太陽會升起來，會有別人，來到這片荒原。
于　杰：你又懂了，你真是什麼都知道。
李　叢：對，我知道自己的邪惡，你不知道。
李沁林：我的兒子，我真是對你毫無瞭解。
李　叢：是的，幾百年來一直如此。
徐　蓉：我聽到死者在低語。
孟　雯：他說了什麼？
徐　蓉：我無法聽清，他們在說著關於明天的事情。

（那直徑一米的光區繼續縮小。）

李　叢：現在，你看看她們倆，兩個恐懼的人。
于　杰：我一點也不恐懼，雖然處在黑暗裡。
李　叢：她們馬上會瘋癲。
于　杰：為什麼？

李　叢：因為這是不可忍受的事物。

（黑暗進一步吞噬。）

孟　雯：我被剝奪著一切，我的身體，我的視線。

徐　蓉：我們抱在一起吧。

孟　雯：好，我們抱在一起。

徐　蓉：這樣會好一些。

孟　雯：並不會，但我們還是該抱在一起，陌生人。

徐　蓉：是的，陌生人。

韓子辰：滾開點，醜女人。

（黑暗吞噬了舞臺，只留下一束光。風雪聲漸起。）

（韓子辰舉著登山杖，開始敲擊這兩個光區裡的女人。）

韓子辰：滾開點，醜女人。

（韓子辰大喊，痛哭著，捶擊著兩個人。風雪聲越來越大。）

韓子辰：你是太陽，你是月亮，大地給所有生命溫暖，像烤爐一樣焚化著我們，讓我們消亡。

（韓子辰悲痛地大哭著。）

李　叢：這個痴呆兒終於受不了了。

于　杰：痴呆兒，你在做什麼？

（黑暗徹底覆蓋了舞臺，再也沒有一束光。）

韓子辰：滾開點，醜女人。

（靜默持續了一分鐘。）

劇終

【專文推薦】

灰燼的祕密

——胡遷／胡波隨想

◎吳繼文

他了然前往，率先抵達。他再不會被消解掉，他再不給你們、我們和這個世界，任何一絲消解他的機會。——章宇，《大象席地而坐》主演

諸神的遊戲

無可避免的，《大裂》（小說）和《大象席地而坐》（電影）將在胡遷／胡波所有作品中發揮「既視」作用；至少對我是如此。

在《大裂》中，和大學生之間那些無來由的戾氣與廢樣所帶來的、持續的緊繃或虛脫，那個丟失洋鎬的男人是令人印象深刻的明顯對比。大學生從暗偷變成明取，一下是洋鎬一下是鐵鏟，

男人只是默默接受這一切。

有一天他對其中一個學生說：「世界會愈來愈壞，這一點無法控制，比如一列火車衝入懸崖，也是從頭到尾按順序掉落，這趟火車就是兩百年時光。」然後讓他轉告其他同學，如果有一天他們把偷的東西還回來，世界「也沒有什麼會因此變好」。

《大裂》的最後，「我」當著那男人和他小孩的面坦承偷竊。

「我偷了你的洋鎬。」我說。

小男孩和男人看著我。

「我給你們跳支舞吧。」我說。

然後「我」伸開雙臂。是什麼樣的舞呢？我不禁想起俄羅斯導演維克多．科薩科夫斯基（Victor Kossakovsky）一九九三年的紀錄片《貝洛夫兄妹》（Belovy），務實而放棄真愛與夢想的勤勞寡婦安娜，和犬儒浪漫、每天喝得醉醺醺的懶散哥哥米哈伊爾一起住在農場小木屋，除了無盡的孤獨與塵勞，安娜還要每天忍受哥哥的言語暴力。片子最後，在黑暗包圍下，米哈伊爾從桌上醉倒地板，安娜看了起先是大笑，然後變成苦笑，接著哭了。她脫下鞋子，伸開雙臂，赤足用力蹬著地板，開始繞著窄仄的客廳，歌哭、旋舞，「冬天冷嗎？親愛的，你在這裡快樂嗎？」彷彿自轉星球。

如果有神，也許神就是一個酗酒常習者，聽任一列列人類命運的火車衝入永劫回歸的懸崖。或者祂跟你玩；你覺得痛，但祂並不知道你這叫痛。就像貓的遊戲。

遠景與特寫

電影版《大象席地而坐》那些悠緩的長鏡頭，畫面常見幾個主要角色充滿細節的近景特寫，以及他們周遭環境的焦外散景，和胡波心儀的匈牙利導演貝拉·塔爾（Tarr Béla）《撒旦探戈》（Sátántangó）開頭或《鯨魚馬戲團》（Werckmeister harmóniák）結尾的全景式畫面很不一樣。一方面他讓你凝視裸陳你眼前這些幾乎無表情的臉或是疲憊的背影，但又教你無法忽視那些失焦的光影、隱約的畫外音。

康斯坦丁·史坦尼斯拉夫斯基（Constantin Stanislavsky）知名的表演方法論之一，要演員注意到角色的「遠景」（perspective），對這個角色從頭到尾（即使是在情節之外）的情緒狀態，演員都能清楚掌握，唯有如此才能控制演出的節奏和感情的發展，讓起伏收放都合理且具說服力。這樣的「遠景」說，當然與光學無關。胡波是以特寫加遠景來完成他的全息圖像；或者說他讓彼此成為遠景：神與人、角色與命運、作者與讀者。

永恆將意義肢解，並篩為齏粉，而時間殘暴，不留活口。他於是用自己的方式，啟動所有想像的機制，以文字中的細節、影像中的特寫，嚴密編織一個全息的仿真世界，由於風格統一，美學上完全可以成立，以至於「所有發生過的事情都是不可更改的，每一個瞬間也都是不可複製的」（〈遠處的拉莫：警報〉），所以理當也不能濃縮、剪接割裂。

遠方的象／神

滿洲里動物園裡面的象，洞穴深處的黃金，在遠處看著你此外什麼也不做的「你的神」拉莫。冰冷的大地，不毛的荒野，無光的洞窟，大霧瀰漫的高速路，自裂縫竄出的人形獸，啟示錄的四騎士／焚化廠與號角／警報聲。要嘛你在主旋律中衝浪暈眩，要嘛你就成為無比清醒的病人，突然看清了自身以及同時代人過去（已掏空）、現在（棄守中）與未來（被度外）的命運。

你凝視著物化甚至石化的一切：只能是寵物的小孩，快速折舊工具的青壯年，變成展示品或大型垃圾的老人，以及環踞其上分食肉桶的爺們，隨之而來那種帶著自苦、自責的無力感，還有「無數冰錐般的漣漪，切割著你所有的時光，由此使你回憶起所有破碎的事物」（〈遠處的拉莫：警報〉）。

文化觀察家羅曼・柯茲納里奇（Roman Krznaric）認為，如果不能將未來世代放入視野、顧及他們的福祉，猶如視未來為無主之地（terra nullius），等於在殖民未來。但過去已矣，現在混沌失序，唯來者可追。或許這是胡遷最後看到的螢蟲般微光：「此刻，在某個港口，一艘帆船起航，上面會坐著對事情充滿期待的人，也許會有一個孩子。」（〈看吶，一艘船〉）

儘管永不重複的時間、時間中獨一無二的細節，說不定可以豁免我們於消解，但前往拉莫的路上沒有慈悲。我們用先人的屍體，換來繼續前行的「料塊兒」，終將抵達沒有意外更無奇蹟的冥府之門（〈遠處的拉莫：邊界〉），讓我們似乎明白了什麼，並想起遠方大象的嗷叫，或者說胡遷／胡波決絕但溫柔的眼光。

就像，常聽得有人以開悟為修行的最大目標，彷彿開悟之後就無事可做了一樣，率先抵達的胡遷／胡波以完全燃燒之姿提醒我們，成就你幸福、帶給你終極自由的，不會是盆滿缽滿的黃金或神蹟，因為只要你還活著，就得活在支離破滅的當代處境，不再輕信，沒有解方，此時何妨一作白骨觀（memento mori）。

也許，這就是胡遷／胡波最後的「灰燼的祕密」。

【訪談】

文學是很安全的出口

訪談時間：二〇一七年六月
採訪者：何晶

何晶：《大裂》裡的青年有一張複雜的面孔，無所適從、頹喪、荒誕，但又有野蠻生長的生氣，這一切讓小說的面目也很特別。為什麼寫這樣一種青年？在你看來，這個群體的特徵究竟是怎樣的？

胡遷：跟這個小說的取材有關係，那段生活裡，我身邊以這樣的青年為主。比如上課這件事兒，很多人上一次就不再去，剩下的人去幾次之後也都消失了，其他時間幹麼呢？沒事情做。那個地方，周邊太荒涼，玩也沒地方，當時學校沒建好圖書館，談戀愛的也少，四下看看周圍的男男女女，就都沒興趣談戀愛了。

我能記起幾個很有熱情的青年，組織些活動，在學生會裡做些事情，現在也不知道他們當時做了什麼。具體什麼特徵呢？舉個例子：某個週日下午我去學校的路上，在路邊攤子上買了本《大旗英雄傳》，週一中午，我起床開始看這本小說，我的舍友出去了，不知道去做什麼。這本小說是很有代表性的古龍式爛尾，傍晚他們回來了，我也看完了，然後這一天結束了。所以要說這種群體的特徵，大概就是爛尾。也許每學期，或每週開始，你有一個想法，然後就爛尾了。再往前推，能推到四五歲吧，就是，此刻的每一瞬間都是之前的爛尾，差不多就是這種特徵。

何晶：你的敘述前進又停頓，偶爾還有回溯，小說的節奏也由此產生了。首先好奇的是，你也拍電影，電影的敘述手法節奏會影響你的小說嗎？其次，你如何看待小說的節奏問題？

胡遷：我把電影跟小說完全分開，我自己的電影作品，時空都很密集，《大象席地而坐》講的也是一天內發生的故事。

戲劇性的敘事節奏有著清晰的節拍，當下的讀者或者觀眾對這種節拍和控制節奏的另一因素——信息量——都有需求。節拍和信息量的設計產生了閱讀和觀影快感，但我排斥這種設計和設計帶來的引導。我覺得最有魅力的是事件和事件中間那漫長的空隙，回憶與當下的留白，情節發生後深不見底的空洞，這些對我的吸引力遠大於只是敘述情節。有時候連續的跳躍更好，有時停滯下來更好，有時乾脆略過那些戲劇點。

我看到的好的文學作品，都是基於作者的獻祭，不是設計。

何晶：結果似乎早就預定，不同的是事情如何行進，不管是《大裂》還是《大象席地而坐》，小說總有一種無論是痛苦、茫然還是混亂，人物都在隨意流動的感覺，他們行為似乎有邏輯，但細究又不知道意義何在，很難表述。

胡遷：你很難在當代社會找到任何問題的答案。當你試圖去瞭解這世界的各個層面，會發現早已有整套的定論擺在那兒，一切早就有了解釋，連質疑這些解釋的解釋都有了。自身面對周遭，會有一種無力感。最初世界是帶著神祕和探尋意味的，如同你的童年。但當下的日常，就像廢墟一樣。或者很多人喜歡概括這種青年人專屬的階段，是困惑階段。我自己很厭惡概括事物，不該把習慣了某種方式當作跨過了某個階段。你只是習慣了，並沒有搞明白，甚至連當下的感受都很難摸清楚，能在這裡概括各種事物，是因為封閉了自己諸多的通道。我經常聽身邊人說他在這個歲數也這樣，實際上我從十幾歲就開始聽這些話，現在我快三十歲了，不，快二十九歲了，即便到四五十歲也應該繼續質疑存在本身。質疑會讓人保持清醒，不會在中年時因某種適應而流淌一身脂肪，那些凝固起來的東西並不是因為新陳代謝緩慢造成的。保羅．湯瑪斯．安德森四十多歲拍《大師》（編按：*The Master*，臺譯《世紀教主》），岡札雷五十歲拍《鳥人》，文學作品《白痴》、《一樁事先張揚的謀殺案》等等，這裡面全是質疑和反思。而我身邊接觸到的三十五歲以上的人已經用丹田看透世界，四五十歲的人得道成仙，搶籃球場的生活裡肯定都是活佛，他們輕鬆概括世間的一切事物，其實能懂什麼呢？我在一個長篇小說裡講了這個事情，就是說大部分人連個啤酒瓶蓋其實都不懂，我也包含在內。

何晶：你在創作談裡談到一代人有一代人的痛苦，這一代人的痛苦是膚淺和庸俗融入血液，所有人的橫截面構成了掩蓋著空隙、陷阱、灰暗的繁複日常的平面，概念化、目的化、庸俗化由此形成。你的小說是想表現這種庸俗與概念化，或者進一步地提出些什麼呢，警醒、批判？

胡遷：這些作品只是呈現，其中有一部分小說是在呈現這種庸俗和概念化。批判沒有用，也輪不到我去批判，每天可以聽到的批判聲音已經夠多了。批判也好，分析也好，議論與攻擊，是大部分人都很擅長的事情。如果我想提出什麼的話，那就是控制好自己的行為。我的貓，當我在該放貓糧的時候不放，牠也會叫，在驚醒我。

最重要的是行為，當人在做生活中每個選擇時，只要動一絲衡量利益的念頭並被干擾，就不該再批判什麼了，批判不是拿個話筒展示一番放下話筒就開始算帳。真正的批判是不計後果的，是行為不是姿態，當下的環境看不到那些真正批判的人。

我身邊每個人都會批判，但行為跟批判，神奇地沒有任何關聯。批判是有代價的，意味著要用鮮血來對抗，不是一種沾沾自喜的幻覺。比如人們批判這個時代功利，那你的社交和公司運營又是依據什麼神聖的原則呢？我管理好自己的行為，呈現一些東西，這個階段做好這個事情就行了。

何晶：碎片化、信息雜冗的時代給予當下年輕人的是相似的生活，碎片又輕飄的人生體驗，精神意識流向四面八方，這一代寫作者的作品，很多時候都是試圖不斷在自己的小說中增加生活的重量，表達出與碎片輕飄相反的諸如歷史、完整、厚重，但效果如何有待檢驗。在我看來，你也有這樣的意圖，能不能談談你對這個話題的看法？

胡遷：我描述當下，當下人們的行為、存在感、無法解決的自我，以及他們的反思。與歷史的關係、厚重不厚重的問題，這適合有情懷的人來做。

我覺得藝術跟厚重不厚重沒有關係，能把一個人吃烤肉時的所有感受傳達出來也是藝術，吃烤肉已經是延續幾萬年的一個感受了，什麼狀況下，與死亡的距離，怎麼咬，肉跟牙齒舌頭的觸碰、溫度、氣息，很複雜。歷史寫在基因裡，當下重複的日常也是歷史的一部分，不過屬於被遺棄的部分。現代文學關注的是被遺棄的這部分，不被遺棄的部分以前的藝術家已經敘述得很完美了。比起「增加」生活的重量，我更認同深入當下的覺知，生活本身就是無底洞，不用再添磚加瓦了。歷史、大事件、變革與運動，這是歐洲古典文學到俄羅斯文學到拉美文學爆炸，那個時期做的事情。這個時候，每天刷著微博，用著移動支付，去找歷史事件，是想延遲爆炸嗎？《聶隱娘》裡很多拍皮球的段落，傳達了那個歷史情境下看皮球和拍皮球的感受，這是偉大的。如果說不清一個人在某個歷史時段吃烤肉什麼感受，甚至概括說吃烤肉不值得說，那這就是純扯淡的一個事。我個人看法是藝術作品現在硬要帶歷史視角，硬扯社會性，這很捉襟見肘，人本身自帶所有階段的人性。卡夫卡能在一間小屋子裡講明白，別人去貼太陽系歷史和銀河系社會學也沒用。

何晶：你曾說，文學對於你是個很安全的出口，有些意味。文學是什麼的出口？為什麼「很安全」？

胡遷：與他人產生關聯，或者說社會性，對於我，這些屬於不可控的；而文學對於我是可控的，有安全感的。文學沒有目的性，不會概括任何事物，文學裡的道德是可感知的，複雜的，多層的。生活中接觸到的很多事情，歸根結柢都是衡量的結果，有時難以置信。文學指向真理，裡面有「生與死之間的是憂鬱」，有純粹的美感，不論敘述得有多麼複雜和灰暗，它都呈現著一種恆久的人類存在狀況。

生活中，大部分邏輯都只是一個問句：「你這麼做就是為了多撈點什麼嗎？」

＊本篇訪談曾節選刊於《文學報》，此為完整版。

【特別附錄】

胡遷大事年表

一九八八年七月　出生於山東濟南
一九九五年九月　就讀小學；同年開始學習武術，前後持續四年
二〇〇四年二月　短暫學習作曲
二〇〇七年六月　畢業於齊魯私立高中
二〇〇八年七月　進入畫室開始學畫
二〇〇九年九月　考入山東傳媒學院就讀，同年年底退學
二〇一〇年九月　考入北京電影學院導演系
二〇一一年七月　前往雲南大理，此階段素材後用於創作《大裂》
十～十一月　完成長篇小說《小區》

十二月　拍攝短片《到科爾多瓦》（23 min），該作品入圍第三屆金鵬獎主競賽單元

二〇一三年十一月　製作ARPG探險遊戲

十二月　拍攝短片《偷喝牛奶的人》（37 min）

二〇一四年一月　拍攝短片《夜奔》（26 min）

三月　拍攝短片《遠隔的父親》（23 min）

五月　出演導演系畢業匯報話劇《十二怒漢》

六月　畢業於北京電影學院導演系

完成劇本《喜劇的顏色》

九月　完成中篇小說《大裂》（曾命名為《通向黃金的大道》）

十月　赴臺灣參加金馬電影學院，與導師侯孝賢、廖慶松拍攝結業短片《海邊的房間》（聯合導演）

二〇一五年二月　《遠隔的父親》獲澳洲金考拉國際電影節最佳短片（Golden Koala Chinese Film Festival），赴澳洲領獎

四月　前往泰國柬埔寨，素材後用於創作《大裂》

二〇一五年六月 飼養柴犬馬修，這一形象後來出現在《牛蛙》中
八～十二月 完成長篇小說《牛蛙》
十一～十二月 創作漫畫《骯髒的查理》

二〇一六年六月 小說《大裂》獲得BenQ華文世界電影小說獎首獎
八月 以電影劇本《金羊毛》參加第十屆First電影節創投會單元

二〇一七年一月 出版中短篇小說集《大裂》
三月 拍攝《金羊毛》（後名為《大象席地而坐》）（230 min）
七月 重新修改長篇小說《小區》
八月 赴西寧參加第十一屆First電影節青年訓練營單元，師從匈牙利導演貝拉·塔爾，拍攝結業短片《井裡的人》
獲選最佳學員，被貝拉·塔爾讚為「最勇敢的電影人」
九月 出版長篇小說《牛蛙》
完成中篇小說〈遠處的拉莫〉和劇本〈抵達〉
籌備第二部電影《天堂之門》
十月 離世

二〇一八年二月　電影《大象席地而坐》獲柏林國際影展最佳首部電影特別提及、青年論壇影評人費比西獎

八月　短片《井裡的人》入圍瑞士盧卡諾國際電影節

十一月　電影《大象席地而坐》獲第五十五屆金馬獎最佳劇情長片、最佳改編劇本、觀眾票選最受歡迎影片

＊胡遷大事年表由周璇、瞿瑞、施一凡等簡體版編輯群整理、編輯，特此致謝。

國家圖書館預行編目資料

遠處的拉莫 / 胡遷著. -- 初版. -- 臺北市 : 寶瓶文化, 2019.01
面； 公分. -- (Island ; 285)
ISBN 978-986-406-147-1(平裝)

857.63 108000238

Island 285

遠處的拉莫

作者／胡遷

發行人／張寶琴
社長兼總編輯／朱亞君
副總編輯／張純玲
資深編輯／丁慧瑋　編輯／林婕伃・周美珊
美術主編／林慧雯
校對／林婕伃・陳佩伶・劉素芬
營銷部主任／林歆婕　業務專員／林裕翔　企劃專員／李祉萱
財務主任／歐素琪
出版者／寶瓶文化事業股份有限公司
地址／台北市110信義區基隆路一段180號8樓
電話／(02)27494988　傳真／(02)27495072
郵政劃撥／19446403　寶瓶文化事業股份有限公司
印刷廠／世和印製企業有限公司
總經銷／大和書報圖書股份有限公司　電話／(02)89902588
地址／新北市五股工業區五工五路2號　傳真／(02)22997900
E-mail／aquarius@udngroup.com
版權所有・翻印必究
法律顧問／理律法律事務所陳長文律師、蔣大中律師
如有破損或裝訂錯誤，請寄回本公司更換
著作完成日期／二〇一七年十月
初版一刷日期／二〇一九年一月
初版六刷日期／二〇一九年一月二十五日
ISBN／978-986-406-147-1
定價／三六〇元
Copyright©2018 by Hu Qian
本著作物經北京閱享國際文化傳媒有限公司代理，由江蘇譯林出版社有限公司授權獨家出版，發行中文繁體版。
Published by Aquarius Publishing Co., Ltd.
All Rights Reserved.
Printed in Taiwan.

AQUARIUS 寶瓶 文化事業

愛書人卡

感謝您熱心的為我們填寫，

對您的意見，我們會認真的加以參考，

希望寶瓶文化推出的每一本書，都能得到您的肯定與永遠的支持。

系列：Island 285　書名：遠處的拉莫

1. 姓名：＿＿＿＿＿＿＿＿　性別：□男　□女

2. 生日：＿＿年＿＿月＿＿日

3. 教育程度：□大學以上　□大學　□專科　□高中、高職　□高中職以下

4. 職業：＿＿＿＿＿＿＿

5. 聯絡地址：＿＿＿＿＿＿＿＿＿＿＿＿＿＿＿

聯絡電話：＿＿＿＿＿＿＿＿　手機：＿＿＿＿＿＿＿＿

6. E-mail信箱：＿＿＿＿＿＿＿＿＿＿＿＿

□同意　□不同意　免費獲得寶瓶文化叢書訊息

7. 購買日期：＿＿年＿＿月＿＿日

8. 您得知本書的管道：□報紙／雜誌　□電視／電台　□親友介紹　□逛書店　□網路

□傳單／海報　□廣告　□其他

9. 您在哪裡買到本書：□書店，店名＿＿＿＿＿　□劃撥　□現場活動　□贈書

□網路購書，網站名稱：＿＿＿＿＿＿＿　□其他＿＿＿＿＿

10. 對本書的建議：（請填代號　1. 滿意　2. 尚可　3. 再改進，請提供意見）

內容：＿＿＿＿＿＿＿＿＿＿＿＿

封面：＿＿＿＿＿＿＿＿＿＿＿＿

編排：＿＿＿＿＿＿＿＿＿＿＿＿

其他：＿＿＿＿＿＿＿＿＿＿＿＿

綜合意見：＿＿＿＿＿＿＿＿＿＿＿＿＿＿＿＿＿＿＿＿＿＿

11. 希望我們未來出版哪一類的書籍：＿＿＿＿＿＿＿＿＿＿＿＿＿＿

讓文字與書寫的聲音大鳴大放

寶瓶文化事業股份有限公司

（請沿此虛線剪下）

廣 告 回 函
北區郵政管理局登記
證北台字15345號
免貼郵票

寶瓶文化事業股份有限公司 收

110台北市信義區基隆路一段180號8樓

8F,180 KEELUNG RD.,SEC.1,

TAIPEI.(110)TAIWAN R.O.C.

（請沿虛線對折後寄回，或傳真至02-27495072。謝謝）